夜雨过潇湘

——行走在古城与故乡的边缘

唐友冰 著

湖南大学出版社

·长沙·

内 容 简 介

这是一部反映厚重的潇湘文化、永州风土人情的散文集。全书共分三个部分。第一部分为小城的底蕴。穿越零陵古城的旧街道、旧衙门、旧寺庙、旧村落等,品味永州厚重的文化底蕴,追寻潇湘文化的文化之根。第二部分为渐行渐远的故乡。追忆故乡风景、风俗、人物等,体现永州的风土人情,追怀浓浓的乡愁。第三部分为简单的生活。用安静的心、干净的文字,记录日常生活的所见、所感、所思、所想,追寻简单、有致的生活。

图书在版编目(CIP)数据

夜雨过潇湘:行走在古城与故乡的边缘/唐友冰著 . —长沙:湖南大学出版社,2020.5

ISBN 978-7-5667-1869-3

Ⅰ.①夜… Ⅱ.①唐… Ⅲ.①散文集—中国—当代 Ⅳ.①I267

中国版本图书馆 CIP 数据核字(2019)第 278343 号

夜雨过潇湘——行走在古城与故乡的边缘
YEYU GUO XIAOXIANG——XINGZOU ZAI GUCHENG YU GUXIANG DE BIANYUAN

著　者:唐友冰
责任编辑:张　毅　　　　　　责任校对:尚楠欣
印　装:湖南省众鑫印务有限公司
开　本:710mm×1000mm　1/16　印张:12.5　字数:163 千
版　次:2020 年 5 月第 1 版　印次:2020 年 5 月第 1 次印刷
书　号:ISBN 978-7-5667-1869-3
定　价:58.00 元

出 版 人:李文邦
出版发行:湖南大学出版社
社　址:湖南·长沙·岳麓山　　　邮　编:410082
电　话:0731-88822559(发行部),88649149(编辑室),88821006(出版部)
传　真:0731-88649312(发行部),88822264(总编室)
网　址:http://www.hnupress.com
电子邮箱:743220952@qq.com

长在自留地里的文学之树

刘翼平

　　文学创作是有自留地的，就像家庭联产承包责任制一样。名作家中，莫言有《红高粱》，陈忠实有《白鹿原》，贾平凹有《废都》。其他作家中，本人有《云母溪》，唐友冰有《洄溪》。每块自留地里都会长出文学之树。

　　友冰与我一样，30多年前都是有文学梦想的青年。大学毕业后，我们在同一个城市，同一个机关，以至后来在同一个单位工作，将自己20年的黄金岁月奉献给了党和人民很需要的文字工作。在这块集体的方格土地上，我们慢慢囤积和耕耘出一小片文字的自留地，并在自己这块私有的田地上，用自己的汗水种出谷物蔬菜，栽上青青的小树。

　　经过多年的精心栽培，友冰这块文学园子里有收获了，他的第一本散文集《夜雨过潇湘——行走在古城与故乡的边缘》即将付梓出版了。作为隔壁园子里的邻农老友，我得提上一壶老酒特意前来祝贺。

　　友冰有两块文学自留地。

　　第一块是零陵古城，他种的是文化散文，采取的是邀古穿越法。一会儿邀请古时的文人回到古城，舜帝、娥皇、女英、柳宗元、怀素、严嵩、王德榜，一个个在古城复活；一会儿模仿古时的骚客在古城寻古，东山、香零山、绿天庵、蘋洲书院、潇湘庙，一处处古迹在脚下再现。他善用穿越的思绪，从眼前之景起笔，一下子随古人的背影漫步古城；他喜用历史的词汇，用古人的诗词去描绘古城之美，用历代诗文来解读现代之美。他要么在古迹前发呆，内心翻滚起千年幽思，要么请古人来当导游，脸上洋溢出永恒的热情。他时常将古屋古亭古树当做一位位长者，将它们当成古城的一分子、一市民，与它们对话。有时会破例地起一个大早，去体会古代走路人的孤单、无奈与寂寥。在古城这块文化沃土上，他是一个表面沉默寡言而又内心炽热翻滚的审读者。

第二块是江华故乡，他种的是乡土散文，采取的是回乡省亲法。有着"神州瑶都"美称的江华本来就是一块文学热土，友冰生于斯长于斯。故乡离他渐行渐远，但永远是他人生中最美的风景。老屋、古亭、老树、水井是一首首乡愁的诗，亲人、故人、旧村是一个个梦萦的远方。作为飘零的游子，他失去了归根的宅基地，思乡之情只有飘浮在故土的上空。怀念的思绪变成了一篇篇祭文和一座座坟墓，祭文和坟墓承载了人间的大爱和大情，是催人泪奔的瓦斯弹。一幅幅图画，一组组人物，一桩桩儿事，故乡在泪眼蒙胧中渐行渐远。作家流着泪在写，读者含着泪在读。每个人都有各自不同的故乡，所有人都有不尽相同的故土恩、思乡情。

文学的自留地里，有辛勤的耕耘，有恣意的抒写。可以种出一片青青小草，也可以长成一棵参天大树。友冰深深地爱着人民的大地，深深地爱着文学的沃土，我相信大地和沃土一定会报之以硕果，他的事业和文学园地一定会取得双丰收！

一壶浊酒相庆，一篇拙文相贺，是为序。

2019 年国庆节于云母溪

第一部分　小城的底蕴

第二部分　渐行渐远的故乡

第三部分　简单的生活

后　记

第一部分

小城的底蕴

小城的底蕴，在于旧。

旧街道。

旧衙门。

旧寺庙。

旧村落。

旧树子。

旧巷。

旧人。

还有那些曾经与这些旧东西在一起缓缓流逝的旧时光。

不是任何东西，都能勾起你对小城的回忆。

不是任何时候，都有泪水

打湿你的眼眶。

潇湘之雨

塞马秋风冀北，杏花春雨江南。

一个有文化淀积的地方，这个地方的雨便也有了文化印记。

成都的雨是春夜喜雨。"随风潜入夜，润物细无声。"

巴山的雨是思念之雨。"何当共剪西窗烛，却话巴山夜雨时。"

台北的雨是怀旧之雨。"冬季到台北来看雨，梦是唯一行李。"

那么，潇湘的雨呢？

潇湘的雨是生命之雨，哺育了一代又一代潇湘人的生命。

潇湘的雨是文化之雨，孕育了神奇瑰丽的潇湘文化。

潇湘的雨是爱情之雨，繁衍了一代又一代美丽的爱情故事。

潇湘之雨　生命之雨

"洞庭烟发渚，潇湘雨鸣川。"（宋·陈与义《王应仲欲附张恭甫舟过湖南久不决今日忽闻遂》）

永州，雅称潇湘，地处亚热带大陆性季风湿润气候带，春夏多雨。

潇湘的雨，没有热带的多，却自有一番不同的个性。

潇湘的雨，神秘。"逡巡又过潇湘雨，雨打湘灵五十弦。"（唐·李商隐《七月二十八日夜与王郑二秀才听雨后梦作》）

潇湘的雨，幽怨。"更听潇湘夜深雨，孤篷点滴替人愁。"（宋·喻良能《次韵陈侍郎李察院潇湘八景图·潇湘夜雨》）

潇湘的雨，缠绵。"万里愁一色，潇湘雨淫淫。"（唐·孟郊《连州吟》）

潇湘的雨，激越。"刻舟独觅剑，夜雨过潇湘。"（宋·释慧性《颂古七首》）

大雨落潇湘，潇湘生万物。

如幕的雨丝绘出锦绣山川，如水的光阴流走四季寒暑，如山的男人挥舞锄头挥舞镰刀，如水的女人纺织棉花纺织桑麻，如云的游子漂泊在天涯海角，如叶的迁客飘零在萧瑟秋风，如巢的村庄飘起袅袅炊烟，如梦的瑶寨敲响古老的长鼓。

生长季节生长轮回，生长河流生长高山，生长百花生长百兽，生长草木生长五谷，生长男人生长女人，生长欢喜生长忧愁，生长希望生长绝望，生长雄心生长阴谋，生长爱情生长乡愁，生长诗歌生长图画，生长一代代潇湘大地的梦想，生长一代代潇湘大地的耕耘，生长一代代潇湘大地的哀怨，生长一代代潇湘大地的收获。潇湘的雨啊，你是潇湘大地的生命之雨。

潇湘之雨　　文化之雨

雨是潇湘文化的幕。

在我看来，那神奇、瑰丽的潇湘文化，竟似完全起源于4000年前的那一场雨。

据《史记·五帝本纪》载："（舜）南巡狩，崩于苍梧之野。葬于江南九嶷，是为零陵。"又传说，舜帝的两个妃子娥皇、女英，万里寻夫，船到湘江，忽然刮起了狂风暴雨，二妃溺水而亡，化为湘水二女神。另据《山海经》载："洞庭之中，帝二女居之，是常游于江渊，出入必以飘风暴雨。"

我想，那真是一场好大的雨。这场雨应该是在春天。因为只有春天的雨才能下得这般的大气磅礴，酣畅淋漓，溅起的水雾为潇湘文化的登场奠定了宏大的背景。

她为潇湘文化笼上了神秘的面纱。"凝情空景慕，万里苍梧阴。"（唐·柳宗元《零陵春望》）从帝舜到夏、商、周、春秋、战国、秦汉乃至初唐，这一块土地对人们来说，都是朦胧的、神奇的。

她为潇湘文化染上了浪漫的色彩。"流水传湘浦，悲风过洞庭。"（唐·钱起《省试湘灵鼓瑟》）舜南巡狩、二妃寻夫，以及由此衍生的泪染斑竹、湘灵鼓瑟等神话故事是历代诗词歌赋歌咏潇湘的主题，为潇湘文化染上了浪漫的色彩。

她为潇湘文化奠定了忧郁的基调。"湘水流，湘水流，九疑云物至今愁。"（唐·刘禹锡《潇湘神·湘水流》）从二妃寻夫不遇的爱情悲剧引申到志士满腹经纶却怀才不遇，坚贞爱国却报国无门，屈贾以降，引发多少千古志士的太息涕兮，慨然长叹！

雨渐渐地小了下来，慢慢地变得淅淅沥沥，最后悄然停了下来，万物已然染上一层新绿。

"平野春草绿，晓莺啼远林。"（唐·柳宗元《零陵春望》）雨后的潇湘如浴后的少女，露出了清新曼妙的身姿，惊羡世人。

是谁揭开了潇湘大地的神秘面纱？

是谁掀起了潇湘大地艳丽的盖头？

是谁告诉世人，我们的潇湘大地是如此的美丽？

是柳宗元，是元结，是唐以来的那些贬谪文人的"毒色的"眼睛。

唐代以后，岭南成了官员的贬谪之地。柳宗元、元结等一大批文人贬到永州。仕途的险恶让他们心情阴郁，永州的山水给他们温情的慰藉，被放逐的他们有时间零距离接触永州的山水。小石潭、钴鉧潭、浯溪、愚溪、右溪……他们用自己那鬼斧神工的笔，细致地描绘了永州的出尘之美。乃至于一代文豪欧阳修说："画图曾识零陵郡，今日方知画不如。"（宋·欧阳修《咏零陵》）陆游慨叹："挥毫当得江山助，不到潇湘岂有诗。"（宋·陆游《偶读旧稿有感》）文天祥也禁不住"遐思迷古镇，幽梦至潇湘。"（宋·文

天祥《所怀》）

雨渐渐地有了一些凉意。时序已经到了秋天，冰凉冰凉的雨滴飘在脸上，落在身上，让人泛起阵阵凉意。那是宋代的雨。曾经是封建时代高峰的汉唐盛世已经过去了。天色逐渐向晚。冰凉冰凉的雨滴让宋人的心少了唐人的大气、豪迈与浪漫，让他们的心变得敏锐，雨也成为他们讴歌的风景。宋迪一幅《潇湘夜雨》，引发多少怅惘与愁思？雨也让他们的头脑清醒，对宇宙和人生作一些冷静的思考。周敦颐月岩悟道，著《太极图说》，开理学之源；张栻东山沉潜，岳麓讲学，臻理学之盛。"吾道南来，原是濂溪一脉；大江东去，无非湘水余波。"

…………

世界上没有哪个地方的雨与文化的关系有潇湘的雨与潇湘文化的关系那么紧密，雨让潇湘文化充满了湿漉漉的水意。

雨浇铸了潇湘文人的品格。雨至柔也至刚，雨润无声，雨化万物，雨深深地浇铸了潇湘文人孤傲、高洁、坚贞的品格。

雨是潇湘大地绝美的风景。"潇湘夜雨""蘋洲春涨""香零烟雨"……雨是潇湘风景中美丽的精灵。

雨哺育了神奇、瑰丽的潇湘文化。世界稻作文明之源，世界制陶工艺之源，中华道德文明之源，潇湘之雨哺育了潇湘文化的金色童年。舜南巡狩、屈子天问、贾谊风流，柳文化、草书文化、理学文化、瑶文化……潇湘大地壮雨潇潇，文明的圣迹波涛起伏，潇湘文化源远流长。潇湘的雨啊，你是潇湘大地的文化之雨。

潇湘之雨　　爱情之雨

"问世间情为何物，直教人生死相许。"爱情是人类永恒的主题。真挚的爱情，总是让人的眼眶盈满泪水，和着雨水。

有一场泪水，和着雨水，千百年来总是落在中国人的心里。

◎ "永州八景"之一的"蘋洲春涨"。北宋画家宋迪所作《潇湘八景》，
其中"潇湘夜雨"即蘋岛至回龙塔一带。（胡明高摄）

还是 4000 年前的那场雨。

传说娥皇、女英二妃寻夫，逆湘江而上，遭狂风暴雨，溺水而亡，后化成湘水女神（湘灵），常在江边鼓瑟，"苦调凄金石，清音入杳冥。"（唐·钱起《省试湘灵鼓瑟》），表达自己的哀思。另据晋张华《博物志·史补》云："舜崩，二妃啼，以涕挥竹，竹尽斑。"

这就是中国的美丽爱情故事。

她讴歌了恋人的美好。"南国有佳人，容华若桃李。"（三国·曹植《杂诗》）

她述说了爱情的忧伤。"帝子降兮北渚，目眇眇兮愁予。"（屈原《湘夫人》）

她极尽了爱情的神秘与烂漫。"袅袅兮秋风，洞庭波兮木叶下。"（屈原《湘夫人》）

她阐释了爱情的坚贞。"斑竹枝，斑竹枝，泪痕点点寄相思。"（唐·刘禹锡《潇湘神·斑竹枝》）

她揭示了爱情的悲剧美特质。"惟草木之零落兮，恐美人之迟暮。"（屈原《离骚》）

美好的爱情让人们充满向往，闪耀着永恒的人性之美。娥皇、女英与舜帝的爱情是美好的（相比同类的神话故事、民间传说，朝为行云、暮为行雨的"巫山云雨"的神话故事有些荒淫；"鹿回头"的故事有些血腥，倘若不是那鹿被猎人追杀得无路可逃，鹿也不会无奈嫁给那猎人的）。千百年来，那淅淅沥沥的潇湘雨声也一直滴在人们的心上。屈原、贾谊、曹植、李白、刘禹锡、李商隐……这些在中国文学史上耀眼的名字，他们的梦中都有神秘、幽怨、烂漫的潇湘之雨的空灵雨声。一代文学巨匠曹雪芹把他梦幻中的偶像林黛玉取名叫潇湘妃子，住的地方叫潇湘馆，用她的泪水殉她坚贞的爱情。一代伟人毛泽东也曾赋诗："九嶷山上白云飞，帝子乘风下翠微。斑竹一枝千滴泪，红霞万朵百重衣。"

潇湘的雨啊，你是潇湘大地的爱情之雨。

梦里曾听潇湘雨，今若恍惚在梦中。

朋友，来吧，淋一淋那潇湘雨，可助你文思遄飞。

朋友，来吧，淋一淋那潇湘雨，见证你美丽的爱情。

朋友，来吧，淋一淋那潇湘雨，会让你想起母亲。

走过风雨沧桑的小巷

巷在小城，朴拙宁静。

巷在小城，沧桑无言。

对于徐志摩来说，剑桥的灵性在于康河——在康河的柔波里，有波光的艳影。对于梁思成来说，北京的精义在于四合院与胡同——青砖、灰瓦体现了中国古建筑文化的精髓。对于我这样的小文人来说，江南这个小城的灵性在于巷——一砖一石一瓦都是历史的淀积。

巷是小城这株曾经繁茂的大树留在秋风里最后的几片落叶。

巷是小城历史云烟烧尽后剩下的那几颗烟蒂。

巷是尘封的寂寞的琴。

走过岁月沧桑的小巷，我常常能听到她曾经鲜活的岁月里那些飘逝的声响。

柳子街的脆响

柳子庙对于小城的意义是超重的。

柳子庙之于小城，正如八达岭之于北京。你不到八达岭，不

◎巷在小城，朴拙宁静。巷在小城，沧桑无言。（王强摄）

能说到了北京，因为"不到长城非好汉"。到了永州，你没有到柳子庙，不能说到了永州。因了柳子庙，偏僻的小城在中国文化的天空中便占据了稳稳的一席之地。

千百年来，柳子庙正如一座小小的寂寞的城，等待着那踏过柳子街的青石板的"叭嗒""叭嗒"的脆响。千百年来，又有多少"叭嗒""叭嗒"的脚步声走过了那青青的石板呢？

他们从柳子庙出来，有的走这条路，有的走那条路。

有这么一个人走的路总是让我充满叹息。

那是明正德十三年（1518）的春天，时为翰林院编修的严嵩出使桂林，路过永州，专程到零陵拜谒了柳子庙。

我想，这也应该是一个下雨天吧。柳子街那青青的石板又发出了一阵"叭嗒""叭嗒"的脆响，几个随从拥着一位中年官员走了过来。尽管打着伞，冰凉的雨水仍然打湿了他的青衫，飘湿了他的头发，沾湿了他的面颊。

这柳子庙平时就冷清，因了下雨，庙内更显荒凉。"滴答——滴答——滴滴答……"长一声短一声的雨滴滴落天井。曾经鲜活的古殿檐头已经斑斑驳驳，到处的野草枯藤茂盛得自在而又坦荡。

他静静地踱着，在河东先生枯寂的身影里，他看到了自己的影子。

严嵩所生活的中明正如柳宗元生活的中唐一样，充满了一个王朝向晚的衰朽的气息。他们都少有才名，少年得志。柳宗元出身于河东世家——他 4 岁即能读古赋 14 篇，21 岁即登进士第。严嵩出身于江西分宜的一个寒士之家，幼时聪慧，加上当秀才的父亲对他学业的严格要求，8 岁即能文，属对有奇语。据《严氏族谱》载，严嵩读私塾时，曾与老师及叔父对联有曰："手抱屋柱团团转，脚踏云梯步步高"；"一湾秀水足陶情，流珠溅玉；四顾好山皆入望，削碧攒青"；"7 岁儿童未老先称阁老，三旬叔父无才

◎走过岁月沧桑的小巷，我常常能听到她曾经鲜活的岁月里那些飘逝的声响。（王强摄）

◎千百年来，柳子庙正如一座小小的寂寞的城，等待着那踏过柳子街的青石板的
"叭嗒""叭嗒"的脆响。（佚名摄）

却作秀才"，被人称为神童。他 25 岁即登进士第，27 岁即被授予翰林院编修。他们在书法上都颇有造诣。柳宗元是唐代的书法家之一，以"章草"闻名，可惜后来失传，今天已经很难看到他的真迹了。严嵩也是书法大家，北京的"六必居"三个字是他写的。今天的什刹海、景山公园、故宫等都留有他的书法作品，"山海关"的"天下第一关"也是他的手笔。他们都有不俗的才情。柳宗元的卓厉风华就不用说了。严嵩的诗词以清雅著称。时人李梦阳曾说："如今词章之学，翰林诸公，严惟中（严嵩，字惟中，笔者注）为最。"何良俊称："严介老之诗，秀丽清警，近代名家，鲜有能出其右者。"他们都曾经仕途坎坷。柳宗元在"永贞革新"之后，先贬永州，再贬柳州，度过了 10 余年的贬谪生活。严嵩呢？据《明史》载，嵩"长身戍削，疏眉目，大音声"，人高声大，应该是很适合"作报告"的，可他与柳宗元一样仕途不畅。明正德三年（1507）被授予翰林院编修后，一片锦绣前程似乎已展示在他的面前，但明正德四年（1508）三月和次年的夏天，因祖父和母亲相继去世，他不得不回乡守制，隐退家乡铃山，过了 8 年郁闷的隐居生活。明正德十一年（1516）他应诏复出，一直到明嘉靖七年（1528），始终都做翰林院编修、侍讲、国子祭酒那样的闲职。

此刻，他的心里正渴望下一场雨。

对于柳宗元，他怀着深深的同情与钦敬，甚至有那么一点点艳羡那种放逐的状态：

> 柳侯祠堂溪水上，溪树荒烟非昔时。
> 世远居民无冉姓，迹奇泉石空愚诗。
> 城春湘岸杂花木，洲晚渔歌唱竹枝。
> 才子古来多谪宦，长沙也羡贾生辞。
>
> ——严嵩《寻愚溪谒柳子庙》

他轻轻地吟哦着，还把自己的象牙朝笏供奉在河东先生的面前。

对于文人来说，时代的悲剧永远是相似的，不相似的只是个人的态度、担当，以及由此带来的结局及历史的毁誉。在严嵩的身上，我看见了一张在名利的诱惑下渐渐变形的脸，如同南方春天这阴晴不定的天气。

明正德十六年（1521），即严嵩拜谒柳子庙后的第三年，那位在历史上以荒唐出名的明武宗朱厚照驾崩。由于无嗣，他的堂弟朱厚熜继位，即明世宗。为了让生父兴献王称宗入庙，世宗与廷臣们进行了一场长达20年之久的"大礼仪"之争，许多朝臣因此而丧命，或下狱，或遭贬。明嘉靖十七年（1538）六月，明世宗再一次召礼部集议。时已任礼部尚书的严嵩开始时与群臣商议劝阻，被世宗严厉责问。被吓破了胆的严嵩低下了他曾清高的头颅，不仅尽改前说，而且完全顺从世宗的意见，为兴献王配享太庙安排了隆重的礼仪，并用他那曾经清丽的文笔，写下了《庆云赋》《大礼告成颂》等谄媚之作。

明嘉靖二十一年（1542），严嵩被拜为武英殿大学士，入内阁，从此开始了他长达20余年的"谄媚于上，弄权于下"的权奸生涯，成为"近代权奸之首，至今儿童妇人，皆指其姓名，戟手唾骂"（钱谦益语）。

只是，我不知道在以后那漫长的弄权生涯里，他是否还记得，有那么一个春天，在一个叫永州的柳子庙的地方，在他的心里曾经下过那么一场淅淅沥沥的春雨。

高山寺的钟声

中国文化中的一个奇特现象可以称为"晚钟"现象。一地如有一山，山上便有一寺，就取一个"××晚钟（钟声）"的景名。如此，则山为名山，寺为名寺，山以寺名，寺以钟扬，为一个地方增添了许多文化佳话。

打开电脑，随手查一下有关"八景"的条目，就有洛阳八景的"马寺钟声"、杭州八景的"南屏晚钟"、开封八景的"野寺钟声"……数目还真是不少。

我想，大部分时间是黄昏，亦或晚上；在旅途，亦或漫步。空气里飘荡着触手可及的忧伤。远远的，钟声响了："当——当——当，当——当——当……"一下又一下，舒缓、深沉而又悠远。每一下都敲打着你最敏感而又最脆弱的那根神经——故乡母亲的深情呼唤，落第举子的失意与酸楚，贬谪官员的热望与绝望，失恋情人的甜蜜与忧伤——千般哀怨，万种忧愁，你的热泪禁不住流下来。

万转千回，千回万转。

最出名的钟声是唐人张继的《枫桥夜泊》："月落乌啼霜满天，江枫渔火对愁眠。姑苏城外寒山寺，夜半钟声到客船。"钟催愁，愁催钟，"当——当——当……"从遥远的唐代一直敲到现代，怎一个"愁"字，怎一个钟声了得？

且说小城之东，有一山，名东山，又叫高山，为河东先生、怀素、张浚等历代先贤寓居之地。山上有一寺，唐代为法华寺，至宋代改名为"万寿寺""报恩寺"，明初改名为"高山寺"，后来又几经兴废。"永州八景"中的"山寺晚钟"即为此地。只是如今山仍叫东山，寺仍叫高山寺，住的已经不是和尚，而是尼姑；没有钟声当当，唯有木鱼声声。

又到东山，是一个深秋的黄昏。阳光虽然温煦，却已经有了初冬的凉意。道路两边的树叶在风中轻轻飘落。行人步履匆匆，轿车、摩托车呼啸而过——他们是另外一种树叶，飘向他们叫家的那条路。

古绿天庵充满着这个秋天所特有的那种荒芜的气息。曾经的围墙亭台被拆得七零八落，齐人高的野草枯藤迅速把一切存在的痕迹都湮没了。挺拔的梧桐禁不住秋霜的漂洗而枝叶稀疏，高大

◎ 山（东山）上有一寺，唐代为法华寺，至宋代改名"万寿寺""报恩寺"，明初改名为"高山寺"，后来又几经兴废。（王强摄）

◎ 高山寺的钟声响了："当——当——当，当——当——当……"穿过东山的千株古樟，拂过古绿天庵的万亩蕉林，让全城的人都沐浴在静谧的佛光里。（林峰摄）

的香樟树静穆而又无言。

我想，那时的永州，那时的东山是宁静而又充满诗意的。无论是白天还是夜晚，高山寺的钟声响了，"当——当——当，当——当——当……"穿过东山的千株古樟，拂过古绿天庵的万亩蕉林，让全城的人都沐浴在静谧的时光里。

东山啊东山，你用你博大而温暖的胸怀温暖了怀素、柳宗元、张浚等先贤，成为文化的山；高山寺的钟啊，是永州人特别是文化人心灵的钟。

高山寺的钟是励志的钟。它勉励了少年怀素以蕉为纸，以酒为墨，创作出恣肆汪洋、惊世骇俗的草书艺术。

高山寺的钟是慰藉的钟。它抚慰了河东先生那失意与疲惫的心灵，让他"投迹山水地，放情咏离骚"，创作出《永州八记》《天说》《天对》等不朽之作。

◎ 张浚故居（潘焱摄）

高山寺的钟是希望的钟。它激励着一代名将张浚永不言败，三落三起，抒写了东山再起的不朽传奇。

到达高山寺时，天已全黑，高山寺在夜幕的笼罩下显得格外的安谧。

怀素、柳宗元、张浚等是幸运的，他们有钟声相伴。

今晚已经没有钟声伴我入眠。

东门巷的马蹄

南门多巷。

水晶巷、总督巷、东门巷……每一条小巷都有一些陈谷子烂芝麻的往事。

经常走过的是东门巷。

东门巷是小城兴衰的见证。作为历史上有名的楚粤古道进入零陵古城的必经之门，她见证了唐代以前永州的荒蛮，见证了唐宋之际永州作为当之无愧的"楚粤门户"人流如织、车马如蚁的盛况，见证了明代以后楚粤交通重心东移江西、福建，永州交通优势丧失以后逐渐的衰落。

打马东门还是科举时代这个南方小城每一个学子的光荣与梦想。据说，古时零陵学子，十年寒窗，一旦高中，金榜题名，衣锦还乡，必打马东门，遍游全城。"春风得意马蹄疾，一日观尽'永州花'。"这是何等的荣光！

千百年来，这古老的东门巷，该走过多少南来北往客人匆匆的脚步，见证了多少学子打马而过的光荣与梦想呢？

一个炎炎烈日的下午，我又到了东门巷。灼热的阳光烤在灼热的水泥路腾起阵阵灼热的巨浪。半新不旧的水泥房与只旧不新的青砖瓦房杂乱相间，像一个并不高明的画家随手甩过画笔留下的几滴乱墨。房子的两边一律都是密密麻麻的如蜘蛛网般的电线、晾衣线，还有那么几条女人的红短裤在风中如此的耀眼。

没有马嘶阵阵，只有如潮的汽车、摩托车堵车时发出的刺耳的喇叭的鸣叫。

转过老制药厂，是一条煤渣铺就的小路。两边的野草长得异常的丰茂。

萧索萦满心头。

远远的，出现了几株高大的古树。接着，传来一阵狗叫。紧接着，露出了青砖黑瓦的一隅。一种叫着古意、绿意或文意的东西开始在空气里弥漫，让你觉得有那么一点小小的不同寻常了。

这是一个小小的四合院般的村落。村头的几株古树是小城曾经辉煌与荣誉的见证，如今已成为鸟雀们栖息的乐园。左边一个葡萄架，几位老人在那里安详地扯着"胡子"；右边是现在小城已难得一见的漂亮的青砖瓦房。一条老狗对着我这个不速之客毫无目的地狂吠。

穿过这个带有一些古意的村落，走过一条苍蝇飞舞，两边爬满豆角藤、南瓜藤的小巷，再穿过一个土桥，眼前赫然出现了一块"永州市级文物保护单位"的牌子——东门洞就这么猝不及防地出现在面前。

这就是那个曾经充满神奇色彩的东门洞吗？这就是那个曾经让许多辉煌与荣誉打马而过的东门洞吗？在这么一个小小的桥洞前，我只是觉得如此地失真、如此地晕眩，如在梦里。

这实际上是一座小小的石拱土桥。桥顶是一个土丘，长满桃树、柑子树和一些不知名的杂树，如一头蓬乱的头发。桥洞分内洞、外洞，内洞顶高，外洞顶低，出口已经被如今的永州五中的围墙堵死，古道也已经湮没。桥洞的两壁，砖已经很破落，有的已经烂了，野蕨、狗尾巴草生长其间，微风吹过，瑟瑟作响。桥的左侧是一座木质结构的土房子，废弃久已；右侧的土坡与围墙是南瓜的世界，藤萝爬满了山坡，爬上了围墙。几个磨盘大的南瓜正由青转黄，静静地躺在藤萝的怀抱里。

◎如今的东门洞，如同一个历尽沧桑、阅尽世事的老人那样平和而又安详。（王强摄）

　　没有南来北往客商的大声喧哗。

　　没有意气风发学子的马蹄声声。

　　只有风。

　　只有荒凉。

　　只有长一阵短一阵、紧一声慢一声的蝉鸣。

　　如今的东门洞，如同一个历尽沧桑、阅尽世事的老人那样平和而又安详。

　　想什么呢？想说什么呢？

　　我想的，他都知道。可是，他无言。

　　告别东门巷，太阳已经西斜。几点寒鸦掠过粉红的西天，壮美而又沉郁。

潇湘古镇

（一）

车子到达永州一中老大门的时候，天刚破晓，古城正像一个笼着轻纱的残梦。

为了探访心仪已久的潇湘古镇，我破例起了一个大早。我常想，唯有起早，亦或贪黑，才能体会到古代赶路人的那种"出门在外，百无依傍"的孤单、无奈而又寂寞的心情。

初冬的早晨，寒风刺骨。路上还没有行人。两边的野草树木披着一层薄薄的白霜。

"鸡声茅店月，人迹板桥霜。"

穿过一条不合时宜的水泥公路，走过一座似乎站错了地方的冶炼厂房，这是一条简易的土路。路两边开始出现许多造型奇特的古树，"叽叽喳喳"的清脆的鸟叫让久为凡尘所困的我猛地一振。

水是山的伴。

潇水突然出现了，忽隐忽现，捉迷藏似的在前面带路。两边的野草、古树长得益发狂野。

前面开始出现一些青青的石板，开始不多，逐渐便都是了，秦汉以来，这里便是一条重要的驿道，遗迹依然清晰可辨。偶尔出现一两座石桥。夹杂在现代的水泥房屋间的老屋，一律青砖黑瓦，有木门、木窗做成的铺面，仿佛依稀可以看到当年商贾云集的样子，只是客人不见，主人也不在了。

路静树更幽。

层层翠竹为我搭起一道道天然的拱门。阳光透过密密匝匝的竹叶射下来，闪着道道金光。不知名的鸟儿并不怕人，等你走近了才又"扑扑扑"地飞起，"叽叽喳喳"地叫着赶到前面去了。

◎ 前面开始出现一些青青的石板，开始不多，逐渐便都是了。(潘焱摄)

　　传来几声狗叫。

　　可以听到潇水、湘江机帆船"突突突"的响声。

　　乱绳一般的山路从狮子岭的乱树草丛里钻出来，撒开，在渡口打一个结，又蛇一般蜿蜒到河对岸去了。

　　顺着一条小道来到河边，我立在一块大石头上眺望。江风浩浩，涛声阵阵，灿烂的阳光照耀着万里波涛。葱茏缀红的蘋岛，黛灰如烟的远山，色彩斑斓的巴洲，似睡非睡地环抱着碧波荡漾的潇湘平湖，可谓壮美至极，绚烂至极！

　　置身这静美的湖光山色，品味这和谐的自然色调，我的心陷入了沉醉。

（二）

现在还知道潇湘古镇的人已经不多了，可是有谁知道，它曾经在小城的历史上占据了非常厚重的一页。

古镇位于今潇湘二水交汇处的零陵区老埠头及对岸的冷水滩蔡市一带，一镇跨两岸。据《老埠头新加义舟记》载："潇水自九嶷百折而入，于永州城北十里之老埠头与湘水汇合，为最古之名邑。五代时设有镇司，谓潇湘镇。明时改设驿丞，称湘口驿。"《零陵县志》也载："五代时，有数百家，皆镇司之。"可见，至少在五代，潇湘镇便是一个非常有名的大镇了。

一部古镇的兴衰史也是水运的兴衰史。

零陵北扼荆湘，南控吴越，是古代中原进入两广的主要通道。公元前221年，秦始皇统一六国后，发动了平定"百越"之战。为解决粮草问题，命监御史禄开凿了中国水利史上的伟大工程——灵渠。灵渠的修建，使船只可以由湘江入漓江，经桂水，到西江、珠江，从而沟通了长江、珠江水系。湘江由此成为中原进出大西南最经济快捷的水上通道，位于潇湘二水交汇处的潇湘古镇便逐渐兴盛。明代以后，楚粤通衢的重心东移到江西、福建，永州交通优势逐渐丧失。尤其近代以来，公路、铁路的兴起，使水运逐渐退出历史的舞台，潇湘古镇最终衰落乃至湮没。

唐代元结的《欸乃曲》是如此描述唐时零陵水路交通的繁忙景象的："下泷船似入深渊，上泷船似欲升天。泷南始到九嶷郡，应绝高人乘兴船。"

南来北往的客商，离任赴任的官员，发配贬谪的迁客，进京赶考的书生，云游四海的和尚，粗野豪放的放排汉子，浓妆淡抹的女人……他们从自己命运中来，到自己命运中去，在古镇留下一抹淡淡的痕迹，又消逝了。

最后连古镇也消逝了。

◎ 葱茏缀红的蘋岛，黛灰如烟的远山，色彩斑斓的巴洲，似睡非睡地环抱着碧波荡漾的潇湘平湖，可谓壮美至极，绚烂至极！(潘焱摄)

　　"君乘车，我戴笠，他日相逢下车揖；君担簦，我跨马，他日相逢为君下。"这潇湘古镇该发生了多少惊人的故事，又湮没了多少动人的传奇呢？

　　如今，所有的一切都没有了，只留下古道、青山、绿水，风声、雨声、涛声。

（三）

　　"世界上那一队小小的漂泊者啊，请留下你们的足印在我的文字里。"(泰戈尔《飞鸟集》)

　　我常想，潇湘古镇对于小城的意义是什么呢？是幽美恬静的湖光山色，是隐约可见的秦汉古道，是斑斑驳驳的商家铺子，我想是，也不全是。

　　对于我来说，潇湘古镇的意义在于透过那些漂泊者的足迹，可以清楚地看到小城文化的脉络，小城人性格的印记。

"驾飞龙兮北征，邅吾道兮洞庭。"（屈原《九歌·湘君》）舜的脚步是如此的浩大而又庄严。史载"（舜）南巡狩，崩于苍梧之野，葬于江南九嶷，是为零陵"。因为舜的巡狩，让小城成为中华道德文明之源；因了伟大的帝王舜，小城开始有了自己的姓名。

"袅袅兮秋风，洞庭波兮木叶下。"（屈原《九歌·湘夫人》）湘夫人的脚步如秋风般飘逸，如木叶般轻灵。"神游洞庭之渊，出入潇湘之浦。"是娥皇、女英那坚贞的爱情，是湘夫人那美丽的神话让潇湘成为高洁的象征、爱情的象征、美好的象征。是湘夫人，让潇湘文化充满瑰丽神奇的背景。

"投迹山水地，放情咏离骚。"河东先生的脚步是如此的蹒跚而又坚忍，国家不幸诗人幸，赋到沧桑句变工。"正是发配南荒的御批，点化了民族的精灵。"（余秋雨《文化苦旅》）正是文人的不幸遭遇，才让河东先生写出了血泪交迫与苍生息息相通的诗文。是河东先生，让永州的文化从梦幻与神话转为现实，让永州的山水从懵懂无识变为充满灵性，让永州从令人恐惧的蛮荒之地成为后世文人的向往之地。是河东先生，让小城的一草一木一山一水一石都会唱歌！从河东先生后，小城之如文化人，正如现在的北京、上海、广州、深圳之如年轻人一样，成为文人们的时尚之地、向往之地。欧阳修常感叹"画图曾识零陵郡，今日方知画不如"，陆游则慨叹"挥毫当得江山助，不到潇湘岂有诗。"

"吾师醉后倚绳床，须臾扫尽数千张。"（李白《草歌书行》）怀素和尚的脚步是如此的踉跄而又奔放。对于他来说，永州的地板永远是不平的，永州的酒永远是温热的，永州的芭蕉都是纸，永州的扫把都是毛笔。"起来向壁不停手，一行数字大如斗。悦悦如闻神鬼惊，时时只见龙蛇走。""墨池飞出北溟鱼，笔锋杀尽中山兔。"是草圣怀素给我们留下了惊世骇俗的草书艺术，也为我们传下了奔放不羁的酒神文化的基因。

"最爱东山晴后雪，软红光里涌银山。"（杨万里《东山》）杨万里的脚步是如此的自信。我想，这是与唐代以后，永州经济有了长足发展，"湖南名郡，甲永（州）乙邵（州）"的经济上的强势有关，也与他没有被贬谪到永州的经历有关。无论是古城本土，亦或被贬古城的文化人，吾未见如这位可爱的江西老表一样更爱吾乡的了。杨万里在永州的诗有强烈的自信，有温温的闲适，有依依的不舍。你看他在小城的生活是多么的惬意，"只知逐胜忽忘寒，小立春风夕照间"。你看他离开零陵是多么的不舍，"已坐诗癯病更羸，诸公刚欲饯湘湄。夜浮一叶逃盟去，已被沙鸥圣得知。""思归日日只宣言，一棹今真水月间。半夜犹闻郡楼鼓，明朝就失永州山。"千百年来，依然让人心怀感念。

"梦中寻胜忘南北，句里论心岂异同。"（张栻《和友人梦游西山》）张栻的脚步是如此的沉静。这位将门之后，在小城沉思，到岳麓书院讲学，将濂溪先生的理学弘扬至极盛，成为湖湘学派的奠基人。一代名儒王闿运感叹道："吾道南来，原是濂溪一脉；大江东去，无非湘水余波。"

…………

如果说这些雄冠古今的文人如灿烂的星座，使小城在中国文化的天空中放射出耀眼的光芒，那么，那些南来北往的客商，那些撑船的艄公，那些放排的汉子，那些芸芸众生，他们在小城留下了什么？

看看古镇留下的半边铺子，和现在小城南门、河西留下的木板商铺，你就会明白，他们留下了一种文化——码头文化。码头文化使小城人养成了既勇猛又内敛，既开明又精明，既朴实又狡黠的性格。想一想我与兄弟们在夜宵市场豪饮，高喊"兄弟，拳啊；兄弟，拳啊；八匹马呀，五魁首啊……"那种酣畅淋漓的快意与豪情显然就得自他们的遗传时，我的脸上不由涌起一股惬意的微笑。

（四）

潇湘庙就坐落在狮子岭的半山腰上。

潇湘庙是为祭祀湘夫人而建。据传，舜南巡狩，他的两位妃子娥皇、女英千里迢迢，南下寻夫，至湘江间，听闻舜帝已死，悲痛欲绝，即投江自杀，死后成为湘水神，称为湘夫人。由湘夫人又衍化出湘灵、湘君、斑竹和湘灵鼓瑟等神话传说。

一段坚贞不屈的爱情，一个神奇瑰丽的神话，形成了中国文人千年难解的潇湘情结，成为中国文人梦牵魂绕的潇湘梦。

那么，潇湘意味着什么呢？

潇湘是夜雨。"逡巡又过潇湘雨，雨打湘灵五十弦。"（李商隐《七月二十八日夜与王郑二秀才听雨后梦作》）

潇湘是哀怨。"苍梧恨不尽，染泪在丛筠。"（杜甫《湘妃祠》）

潇湘是相思。"斑竹枝，斑竹枝，泪痕点点寄相思。"（刘禹锡《潇湘神·斑竹枝》）

潇湘是乡愁。"客有故园思，潇湘生夜愁。"（柳宗元《早秋月夜》）

潇湘是悲伤。"流水传潇浦，悲风过洞庭。"（钱起《省试湘灵鼓瑟》）

潇湘是诗情。"挥毫当得江山助，不到潇湘岂有诗。"（陆游《偶读旧稿有感》）

潇湘是图画。"画图曾识零陵郡，今日方知画不如。"（欧阳修《咏零陵》）

潇湘是美好。《红楼梦》里林黛玉住的地方就叫"潇湘馆"，我们美丽的湖南就叫"锦绣潇湘"。

"君问二妃何处所，零陵香草露中秋。"心里低吟着刘禹锡的诗，走过一条崎岖的翠竹森森的山道，穿过荒草萋萋的甬道，潇湘庙就这么猝不及防地出现在我的面前——灰色的瓦，斑驳的墙，残破的门窗，生锈的铁锁，齐人高的野草，森森的翠竹，凛冽的山风。

◎ 潇湘庙就这么猝不及防地出现在我的面前——灰色的瓦，斑驳的墙，残破的门窗，生锈的铁锁，齐人高的野草，森森的翠竹，凛冽的山风。(王强摄)

我的心中充满悲伤。

这就是带给人们美好、向往与梦想的潇湘庙吗？

是美一定要残破，乃至被毁损，并最终化为烟尘吗？

是的，在这个被称为"一本书"的小城，已经有许多美丽的"书页"因时光的流逝而残破，乃至化为灰尘，怎么能不让我泪流满面？

潇湘古镇在沉寂许多年以后，又重新热闹起来。

这个躺在文化"金矿"上的小城，终于开始明白文化对经济的价值，要引进开发商开发零陵古城、潇湘古镇，并重修潇湘庙。

她是你梦中的潇湘古镇吗？她能圆你那梦牵魂绕的潇湘梦吗？

也许能。

也许不能。

我依然充满期待。

德榜墓

（一）

油菜花开，正是阳春三月。

明丽的阳光让古老的潇湘大地浸润在明媚的春意里。

车子如风一般缓缓地掠过潇水河川。

◎ 油菜花开，正是春三月。（刘纯摄）

这是阳明山北麓一带连绵起伏的丘陵，沿潇水逶迤开来。山多了，地便金贵。油菜开了花，一大片一大片，如地毯般地铺开，在金色的阳光下闪耀着金色的火焰。山下已经是这么狂野了，山上的映山红也不甘寂寞，趁着桃花刚报了春，便急急忙忙地漫山遍野地开了，一丛丛，一簇簇，如山野女孩灿烂的笑脸。

"去看花！去看花！看花要趁早……"这是日本的樱花歌，如今已是小城的赏花歌。清明前后到南津渡大坝一带去赏花已经成为这个有些寂寞的小城的新时尚。双休日，一家人，亦或三五好友，开着车，到金黄的油菜花地或映山红盛开的山上，摆几个POSE（姿势），拍几个镜头；然后到农家小店打打麻将，扯扯"胡子"，点一盘腊菜，宰两只土鸡，炒几个野菜，来两壶米酒，"五魁手、八匹马"地喊上几拳，吃得满嘴流油，喝得满脸通红，耗到太阳西斜。太阳将落未落，人们开着车东倒西歪，车屁股全部插满了映山红，车厢里每个人手里拿着把映山红，把一张张醉脸衬得比映山红还红。晚上，主人把花插在瓶里，于是一屋子都有了红彤彤的春天的气息。过两天，花干了，枝枯了，就被一股脑全部扔进了垃圾堆。"问君何能尔，心远地自偏。"大城市有大城市的好处，小城市有小城市的妙处。生活在小城妙在自由，妙在坦荡，妙在无拘无束。

人们说，永州是一本书。我理解，一是说这本书太深，古的东西太多，一般的人根本看不懂；二是说这本书太厚，值得挖的东西很多，挖的人也不少，可是还有很多东西没有挖出来；三是说这本书太破，已经丢了很多重要篇章，现存的也已经破破烂烂；四是说这本书太大，可以说是无处不在，哪怕是在菜花盛开的原野，亦或漫山红遍的山麓。

清晨，路上早挤满了各式各样的车辆，更多的游客已经三个一丛、五个一簇，在田间、山上拍照，此起彼伏的欢呼声让早春的原野慢慢沸腾。

他们来寻春。

我们去访古。

车子到一个叫油山岭的小村前停了下来。

这是山脚下的一个小村庄，整个村子就像鸟巢，掩映在绿色的树、缤纷的花里。

穿过一条花香馥郁的小道，走过一条菜花盛开的小路，转过几间已经破败了的农家院落，我们眼前赫然出现了一块"湖南省文物保护单位"的石碑。陪同来的区史志办的黎君介绍说，这便是清代中兴名将王德榜的墓了。

墓不大，傲岸的苍松、青翠的古柏为它撑起了一方宁静的天空。碑石已经残破，上面刻着湖广总督张之洞用隶书撰写的对王德榜一生功业评价的挽联："功伟数终奇，生未封侯，剩有威名传绝域；史存人不朽，死无余憾，况留遗爱在黔疆。"

与已经很喧嚣的小城相比，与近在咫尺的万人同唱"赏花歌"的喧闹想比，这个荒凉的王德榜墓多么像一枚被人遗忘的果实。

（二）

是的，我正是为寻找这枚被遗忘的果实而来。它的核，它的胚芽，却孕育在江华那千年、万年沉默而雄浑的山里。

从地图看，江华呈扇形分布，宛如永州乃至湖南边缘的一枚小小的枫叶。

可是再小的枫叶，也有叶脉；再小的地方，也有筋脉。那筋叫山，那脉叫水。山水养人。所谓一方水土养一方人，一方人有一方个性，这便是山水的印记。

民谚："无山不有瑶，无地不有苗。"江华山高林密，北有九嶷山，东南有大龙山，西南有姑婆山，中有勾挂岭。江华面积虽小，位置偏远，却分布了全国十分之一的瑶族人口。千百年来，瑶族人聚山而居，就如杉树般地撒播于江华那莽莽苍苍的崇山峻

◎ 墓不大，傲岸的苍松、青翠的古柏为它撑起了一方宁静的天空。(王强摄)

岭里。他们的性格也带上了杉树的性格，他们的基因也烙上了杉树的印记，腼腆、纯朴而又善良，敦厚、勤劳而又正直。正如沈从文在《湘西》中所说"这类山中平民，实在是一种勤苦、俭朴，能生产而又奉公守法，极其可爱的善良公民"。他们只要有一点点养分，就要努力地慢慢向上生长，一代又一代，除非被勒索、苛刻得实在活不下去了，才忍无可忍、揭竿而起。翻开一部二十四史，就发现几千年的风云变幻，王朝更迭，和江华挂得上钩的，似乎只有唐末的蔡结、清朝的赵金龙等几次瑶民起义，此外便和江华再没有多大的关系了。

他们是沉默的杉树，常常让我充满叹息。

他们是沉默的杉树，也渴望灿烂的燃烧。

这需要一个引信，这个引信就是王德榜。

王德榜改变了江华的历史，引领了近代乃至永州的人才之盛，在永州乃至中国的历史上都留下一个江华人的鲜明印记。

王德榜是江华人中入国史馆修编作传的第一人。这改变了江华只有几次瑶民起义才不得不被官史记载的历史。

王德榜创下了从湘军将领到民族英雄的光辉奇迹。他是清中兴将帅中唯一既参加了镇压太平天国，又参加了平捻、平回、平苗、平疆，参加了那个时代清廷平定内乱的几乎所有战争的"大满贯"的湘军将领。他在病入膏肓的大清帝国暮年外战左宗棠收复新疆及中法战争中都立下了赫赫战功。

王德榜在永州的经济、文化史上烙下了鲜明的印记。与大部分湘军将领功成返乡大肆购田置业相比，晚年的王德榜醉心于家乡的交通文化事业。在江华，他捐建了凌云塔；他铺修黄竹寨至广东清水的石板路10公里；他疏通了黄竹寨至务江的河道。在永州古城，他倡建了香零山观音阁和蘋洲书院，在贤水河与潇水河的交汇处修建了一座青石拱桥。

王德榜引领了近代永州的人才之盛。他与另一位湘军大将席宝田倡建蘋洲书院，并请示政府增加江华县文武生员学额四名，永州风气为之一变。此后，永州各县区相继创办中学，开通民智，永州的人才史上终于又迎来了一次高峰性的构建，涌现了李达、陶铸、蒋先云、李启汉、陈为人、江华等灿若群星的人才。如果说，曾国藩一手缔造湘军，开启了一道湖南人才资源的大闸，书写了"半部中国近代史为湘人写就"的传奇，那么，王德榜倡建蘋洲书院，则开启了永州人才史上的灿烂曙光，可谓壮哉！

（三）

我静静地在墓前的荒野里踱着。

曾经拂过百年前大清帝国的山风吹动了我的衣襟吹乱了我的头发，也吹发出我无尽的感慨。那真是一个烽烟四起的时代，一个英雄辈出的时代，一个荡气回肠的时代。其实动荡的时代也不见得不是好时代，那是为英雄准备的——英雄不问出处。和平年

◎蘋洲书院（佚名摄）

代当然是更好的时代，过日子要的是安静，要的是表面的喧嚣与浮华之下的波澜不惊。

好的时代要靠赶。

王德榜赶上了这么一个时代。这位 15 岁就"与兄吉昌毁家起乡兵"的山中少年所带的唯一武器，就是勇敢。

德榜作战，可谓勇矣。他始追随曾国藩，后追随左宗棠，作战勇猛而极具谋略，被左宗棠誉为"楚军之冠"。李秀成、李世贤、汪海洋，这些都是太平天国的悍将，王德榜都与他们多次过招，让他们胆裂。清同治元年（1862），"世贤犯遂安，（德榜）出常山、华埠截之。会宗棠耀兵龙游，令（德榜）扼全旺，世贤遣骁贼分道驰救，德榜至右路夹击，皆愕走"。清同治三年（1864），防守玉山，与李秀成"拒战九日，兵食俱困，智勇沛然，乃躬率帐前，夜焚寇垒"，逼迫李秀成"三战三合卒循广丰"。清同治四年（1865），与汪海洋战于江西南洋白马洞。汪素以凶悍著称，手下有一支穿黄、白号衣的敢死队，号称天下无敌。"海洋率黄、白号悍党可二万列田陇，典（另一湘军大将刘典）先入，德榜为承，奋击之，寇返西岸，德榜追至下车，海洋下马痛哭，其党挟之走。黄、白号衣者，海洋所蓄死士，号无敌，至是丧失过半矣"。中法战争中，在镇南关处于最危急的关头，他率援军到东岭支援苏元春军，经过"七上七下"的激烈拼杀，终于夺回 3 座炮台，并用重炮猛轰逃敌，法军全线溃逃。在谅山攻击战中，王德榜越战越勇，连续拔掉敌人 3 座堡垒，并将法军统帅尼格里击成重伤致死，法军大败，实现了他"用法国人的头颅重建我们的门户"的铮铮誓言。正如广西提督苏元春赞道："关前隘、文渊州、谅山省历次大捷，复城掘穴，冯子材、王德榜尤为卓著战功。"正是由于在收复新疆和中法战争中的神勇表现，王德榜由中兴将帅进入到民族英雄的光辉行列。

德榜谋国，可谓忠矣。我看《清史稿》的王德榜传，看王闿运的《湘军传》和《贵州布政使王君（德榜）墓志铭》，心里常常觉得悲怆。王德榜的一生经历了五起五落。第一次是清同治元年（1862），所部哗变，又不听从左宗棠命令，越境驻扎广丰，被夺职留军。第二次是在清同治四年（1865）的嘉应合围战，王德榜与刘典并遏黄沙，自负对地图纯熟的左宗棠挂图作业，按图指挥，命令王德榜屯江口，可这一带"枯瘠偏荒，路绝行人，干滩死水"，于是德榜自作主张，移屯北溪。这一战他虽诛杀汪海洋，俘敌四万，被清廷赏赐黄马褂，却为左宗棠所不喜，"耻绛欢无文，讽令乞归"。第三次是清光绪元年（1875），因母丧解职。第四次是清光绪十年（1884），中法战争的初期，苏元春败于谷松，向王德榜求救，因气愤苏在之前的丰谷之战中苏不救援自己，王也不救苏，遭潘鼎新弹劾，被罢免。第五次是中法战争后，因反对李鸿章议和而被罢免。在这里不能不提到他与左宗棠的关系。左诚天下奇才，是中兴将帅中目无余子的"第一傲哥"。左宗棠瞧不起曾经对他有过提携之恩的曾国藩，对手下有功的将士也绝少向上褒奖，甚为时人所诟病，左的功劳甚至比曾大，可手下出督抚级大员却很少的原因。左宗棠对王德榜这个曾经救过自己命的手下"第一勇将"好像是有那么一点爱、嫉妒、恨的。平时把王德榜晾起，遇有大战、恶战就想起他来，仗打完，就没他什么事了。王德榜的起点高，27岁就因战功卓著被授予福建布政使。30年间，屡立战功，最后还是从贵州布政使上卸任。"岳牧之班，邈无同辈"，"位隆禄啬，论者同悲"。如果他跟随曾国藩、胡林翼，做到督抚一级的官员是绝对不成问题的，这不能不让我充满深深的叹息。但王德榜的字典里是从来没有抱怨与叹息，不管如何起落，他的心总是热的，他的血总是热的，国家、民族的危难是召唤他战斗的号角。不管以何种原因去职，只要有危难，他总是主动请缨作战，并用战功证明自己。临终前，云南巡抚崧蕃去看他，问还有什么事要交代。他"唯以岛夷（日本）窥伺为虑"。德榜谋国，可谓忠矣。

德榜为人，可谓纯矣。他身上始终都留有那种杉树般的温暖。雷锋是火车开到哪里，好事做到哪里。他是仗打到哪里，好事做到哪里。转战甘南时，当地素有狼患，王德榜命令将士打狼，狼患灭，保障了一方平安。甘南平定后，他在临洮进行了临洮史上的最后一次军垦屯田，每天调兵2500人，开凿了抹帮河渠（今东干河渠），"获沃壤百余万亩"，抚降回十余万。清光绪七年（1881），德榜入京，在"教练火器、键锐诸营"之余，兼兴畿辅水利，治理永定河，兴修水利工程，现仍有石刻留在京门铁路2号隧道外侧。尤其值得称道的是，他生命里始终洋溢着那种质朴的悲悯情怀、人文情怀、故园情怀。对于做人诚朴，学问渊深，唯以教育人才为己任的族兄王德圃，他给予了由衷的赞美，并亲自为他作赞序。对于在战乱中多有毁损的永州文化史迹，他多有重建或倡建之功，让人心怀感念。

◎ 文庙（赵志伟摄）

◎ 武庙（林峰摄）

值得一提的是，这么几年研究地方史志，我发现一个值得关注的现象，可以称为"光绪现象"。清光绪年间（1875—1908）当属乱世、衰世，可期间建设、修缮的文化古迹很多，除了上面提到的古迹外，现存的柳子庙，宁远的文庙，江华的西佛桥、穿岩观音殿的吕祖阁等，以及我老家的八字门楼、惠风亭都修建或重建于此期间。可见，爱不爱文化，有没有悲悯情怀，与盛世、衰世是没有必然的联系的。

（四）

从油山岭回来的又一个春日，有朋自远方来，陪友人又游了一回永州古城，去看了东山、西山、潇湘古镇。

新城高楼林立，如盛妆少妇。

文庙、武庙、高山寺、潇湘庙等依旧残破，如弃敝屣。

忽然又想起了那个时代。

想起了王德榜。

夜不能寐。

想了很多很多。

注1：有关引言出自《清史稿·王德榜传》、王闿运《贵州布政使王君（德榜）墓志铭》、王德榜《赠王翁德圃赞序》。

注2：本文最初发表于2016年《永州文艺》第一期，原标题为《追怀王德榜》。近年来，零陵区委、区政府高度重视历史文化名城的保护，2016年创建了国家级历史文化名城，加大了对文庙、武庙、高山寺、回龙塔等文化古迹，柳子街等历史街区和周家大院等古村落的保护与修缮，开发了东山、西山、周家大院等景区，打造了永州之野乡村旅游精品线路和百里花果生态风光带，国家历史文化名城的魅力初步显现，全域旅游战略的效果初步彰显，古城幸甚，文化幸甚，人民幸甚。

陪读时光

女儿考上永州一中以后，我也与众多家长一样，在一中旁租了套房子，过起了陪读的日子。

三年下来，女儿读，我们陪，在一中附近休闲、散步、看书，也是一段人生的难忘时光。

（一）

一中的风景可以说是无处不在。古色古香的苏式红楼，简约简洁的行政楼、教学楼，精致典雅的体育馆，绿茵茵的运动场，到处的假山、碑刻与亭台……它们都掩映在绿意盎然的树里。

树是一中的衣裳，更加衬托出这个百年名校的底蕴与沧桑。

毕竟是名校，对树的管理也有着浓浓的文化韵味。他们给每

◎树是一中的衣裳，更加衬托出这个百年名校的底蕴与沧桑。（潘焱摄）

一棵树都挂了牌子，这个叫香樟、刺槐，那个叫罗汉松、南酸枣树……本来很平常的树，因为挂了这么一块牌子，便生出一些气质的东西来。每次经过这些树，念着这些牌子，就像一个老师喊着自己的学生，虽然不答，却依然让人心里有无比的亲切。

到一中休闲的人不少，大部分都是周边的居民和陪读的家长。一中是宽容的，虽然实行封闭式管理，但每天早晚都开放一次，给这些久为市声困扰的市民和家长一个清静之地。一中也足够大，让每一个人都能找到自己休闲的地方。

体育馆前的草坪与运动场是大家最喜欢去的地方。老年人喜欢在草坪上打打太极拳，这种舒缓的运动适合他们。中年人喜欢围着跑道走，一圈又一圈——人到中年，已经变成一头拉磨的驴子，为了生活，一圈又一圈。人生不过总是凡俗与琐碎的生活罢，哪怕是自以为轻松而不经意的休闲。

有一个女人引起了我的注意。她的年纪不大，身材不高，每天早上来得不早，傍晚来得不晚，总爱穿一件黑色的裙子。每天到来只带一个收录机，走到操场一角，放起音乐就自顾自地跳起舞来。她那收录机里的音乐似乎永远只有一曲，她跳的舞似乎永远只有恰恰舞，手和头发柔柔地摇着，如一株在风中摇摆的杨柳。

还有一个男人，微胖，年纪50左右，每天早上约7点来，先绕着运动场跑两圈，然后趴在地上做十几个俯卧撑，把腰往后面倒几次，爬起来，走到草坪中间"啾啾啾"地猛吼几声，便又雄赳赳地走了。

每次看到那株风中摇摆的"杨柳"，听到那微胖男人"啾啾啾"的吼声，心里就有一些莫名的感动。在这个凡俗琐屑的世界上，总是需要一些自顾自怜的自我欣赏，亦或自己给自己加油的自我激励，才能勇敢地面对这凡俗的生活。

（二）

一中的篮球场对面有一个小池塘，池塘的旁边有一个亭子。

说是亭子，其实是一个长廊——两排对称的、弯弯曲曲的水泥柱子，盖了梳子般的水泥棚顶，成了一个水泥长廊。本来很普通的水泥建筑，却因种了一排密密麻麻的藤萝，爬到棚顶成了屋顶，就有了一些绿绿的雅意，正如一篇平常文章的神来之笔，让人眼前一亮。

这亭子没有名字，也没有多少人光顾。我深深地偏爱这亭子的偏远、荫凉、曲折与幽深，没事的时候常来此坐坐，看看书、写写东西、做下操什么的。三年下来，便有了一些眷恋，有了唐代诗人元结给一条无名小溪取名"浯溪"的私意，把这亭取名叫"吾亭"了。反正我自己心里叫，谁也不晓得。

池塘旁边，间夹着种了些柳树、桂树、香樟、石榴；池塘里面种了一些荷花。小小的方寸之地，有了这些树啊花啊什么的，便热闹极了。每年春天的气息总是从柳枝那一粒粒米粒似的嫩芽开始的，像春天那似睁非睁的眼睛。柳树如小孩，见风长。不过几天，就变成头发纷披、摇曳多姿、神采飞扬的大姑娘了，风起时，有着顾盼生辉的好。荷花总要在四月才开始有一些气息。先是从还有一些微凉的水面猛然伸出一个绿色的小圆点，就像隔壁家那冒冒失失把头伸进门里的笨头笨脑的小男孩；然后，又伸出几个小脑袋，更多的小脑袋；那小脑袋慢慢变成一把小扇、大扇，渐渐地，整个池塘都铺满了，就像一层绿地毯一样。

石榴花开时，总是一个个圆圆的小花骨朵，羞答答地躲在密不透风的叶里。慢慢地，绽开了嘴唇，像一个可爱的小喇叭，想要开口和你说话的样子。

荷花开时，那藤萝也开了花。大大的、长长的花穗，紫色，极艳，像黑色的妖姬，在绿叶丛中舞。荷花的清香与藤萝的幽香

◎本来很普通的水泥建筑，却因种了一排密密麻麻的藤萝，爬到棚顶成了屋顶，就有了一些绿绿的雅意，
　　正如一篇平常文章的神来之笔，让人眼前一亮。（王强摄）

混在一起，让整个空气暗香浮动。蜜蜂"嗡嗡嗡"地在荷花与藤萝花之间奔忙。那蜜蜂采蜜采倦了，也会凑近我的脸上、身上，我用书轻轻地挥一下，那蜜蜂便又"嗡嗡嗡"地飞走了。

看书看累了，我会把书垫着脑袋，躺在那水泥栏杆上睡一下。水泥栏杆夏天有一些沁凉沁凉，冬天有一些阴冷阴冷，却一点不影响我在清凉的风里，和着清脆的鸟叫声沉沉地睡去。

亭真是我最好的房子。

最开心的是雨。雨像没有被邀请的客人一样不期而至。路上的行人纷纷打起雨伞，没有雨伞的行人撒足狂奔，而我依然静静地坐在亭子里看书，听着密密麻麻的雨点"沙沙沙"地打在密密的藤萝叶上，有些欢欣。

亭是我的青蓑笠。

亭是我的绿蓑衣。

斜风细雨不须归。

秋天，那藤萝结出了一排排的刀豆，像一排排绿色的小瀑布，挂在那藤萝间，漂亮极了。那刀豆经不住秋风的漂洗，慢慢地由嫩绿变成了深绿、黑色。到冬天，枝枯了，叶落了，只留下一排排黑色的刀豆，风铃般，在呼啸的北风里轻轻地、轻轻地摇晃。

（三）

因为一中的缘故，学校的周边起了一幢又一幢的小高楼，它们都起了一些文绉绉的名字：翰林苑、学院名邸、博士后嘉园等，就像没有多少文化的商人偏偏打了一盒盒精美的名片，推动房价"嗖嗖嗖"地往上涨。

吃一中这碗"饭"的自然也不少。有钱的，在一中周边盖房子，躺着发财；有眼光的，在一中买房子，等着升值或出租；没钱的，在一中租个房子，只为陪读；想赚钱的，在一中旁开个铺子，因为客源稳定。我认识一个凼底的小老板，为儿子读书，从广东回来，在我们楼底下租了一个门面搞小炒，儿子读书陪了，钱也赚了，生意竟是意外的好。

学校的周围还开了许多"胡子"馆。我向来以为，一个地方的娱乐文化是与一个地方的文化氛围相匹配的。长沙人喜欢打麻将，因为长沙人精于算计；江华人喜欢打"干瞪眼"，因为江华人朴实率直；小城人喜欢扯"胡子"，小城人优闲安逸。对于打麻将，梁实秋先生在《雅舍菁华》的《麻将》里曾经有一个调侃，说："一个中国人，闷得发慌。两个中国人，就好商量。三个中国人，做不成事。四个中国人，麻将一场。"我看对于小城人也可以这么说："一个小城人，闷得发慌；两个小城人，就好商量；三个小城人，做不成事；四个小城人，'胡子'一场。"与麻将的笨重，必须要有四个人、一张桌子才能开张相比，"胡子"具有无可比拟的优势。胡子可以随意放进口袋，方便携带；"胡子"的组合千变万化，可以有无穷的乐趣；"胡子"两个人、三个人、四个人都可以扯；"胡子"有桌子可以，无桌子也可以，坐几个"马朗古"（石头）都行。"胡子"还有一个最大的优点，就是同一张牌第一次不吃不碰，第二次就不能再吃再碰了，几乎没有两人联手作弊的可能。带一副"胡子"可一玩一天，这正适合我们小城人过日子的闲适与散漫。前几年小城被评为中国二十大最幸福的城市之一，也许，有一半的功劳不是GDP，而是"胡子"给小城人带来的闲适感与幸福感罢。

许多陪读的家长，他们的时光都用在扯"胡子"上。早上起来，给小孩煮好早餐，便到"胡子"馆去。上午11点回去煮饭，吃了饭马上战斗。下午5点回去煮饭，吃了晚饭再来，扯到晚上10点，小孩下自习，才恋恋不舍地离开牌桌。每次路过，看着这些安逸、闲适的"胡子"客，总是心生羡慕。人不过是一种会行走的植物。他们扯"胡子"，我爱爬格子。"胡子"是他们生命的空气，文字是我生命的阳光。没有空气，他们活不成；没有阳光，我过不好。都是过日子，没有上下高低的差别。

一中新校门口对着的小高楼叫翰林苑，楼房已基本卖完了，还有几间门面闲着。每天中午，总有几个闲不住的老人在那里吹拉弹唱，开始觉得吵，打扰午休，后来我慢慢地习惯了。老年人喜欢沉浸在旧时光里打发已经来日无多的时光。他们经常唱的是《浏阳河》《沂蒙山小调》《翻身农奴得解放》等老歌。他们的声音像喉咙里长了青苔，有些嘶哑、沧桑，甚至破。人的年纪一大，面子等观念就彻底放下了，管他唱得好不好，别人爱听不爱听，自己高兴就行。去年冬天的一个北风呼啸的中午，自己一个人躺在冰窖般的被窝里午休，翻来覆去睡不着，索性走到对门楼底下去看看。只见一群老人，有的拉二胡，有的吹笛子，有的当指挥，有的当歌手，在那儿吹的吹，拉的拉，弹的弹，唱的唱。已经是寒冬腊月，一群热爱生活的老人把这没有火烤的冰冷的冬天闹得热度十足，让人感动。

前几年为创建园林城市，一中西侧的芝山北路的两边都种了一排高大的杨梅树。开始的两年，那被砍断了枝丫的杨梅树大约是在恢复期，只顾着开枝散叶。前几天偶尔从那条街过，竟然发现不少杨梅树居然长了好多青青的梅子。每次路过，禁不住口水直流下来。想到端午过后，梅子红时，端一张凳子到杨梅树底下摘那红艳艳的梅子的情形，牙齿都快酸掉了。

可惜，那时我已搬走，陪读的时光已经不再。

塔

在这个周边的水泥建筑长得越来越高，市声一天比一天更鼎沸的小城，塔越来越像一个孤独的隐者。

◎它（塔）的颜色总是那么素净，灰的檐与白的身，在阳光的照射下，发出的光辉有一些清冷。（佚名摄）

塔的颜色总是那么素净。灰的檐与白的身，在阳光的照射下，发出的光辉有一些清冷。塔的眼神总有一些淡漠。在周围那些高大的水泥建筑的轻视下有些不卑不亢的漠然。塔的身子总是那么坚挺。几百年来，既不高一分，也不低一分，任由江水粼粼的波光把自己的身影荡漾得零零碎碎。塔的背影有些孤寂，身上的铜铃每天都在浩浩江风的吹拂下铃铃地响着，从来没有在意别人的听与不听。

"大隐隐于市。"

塔，我想它就是那种隐于市的隐者。

这塔建于何时，是怎么来的，有许多版本。有说是为纪念佛祖，有说是为镇妖龙，有说是为镇水患，连小城最年长的几位老人都讲得不大清楚。据官方的《零陵县志》记载，此塔建于明万历甲申年（1584），由钦差巡抚操江右佥都御史郡人吕藿所建，"因郡城水势瀚漫，吕藿捐金造回龙塔于此口，以镇水患。"其实我想，建这回龙塔与其说是镇水患，不如说是为了一种平衡，一种对称，一种和谐。古人极讲究对称之美，也懂和谐之美。古人讲究风水，其实风水就是追求一种对称，一种平衡，一种心安，一种和谐。《易经》说："太极生两仪，两仪生四象，四象生八卦。"说的是万事万物都在变化与运动，也都在追求对称与和谐。宋代大文豪欧阳修曾经说过："画图曾识零陵郡，今日方知画不如。"如果说小城是一幅画，组成这幅画的基本元素无非就是山与水。在古城的南面，有东山、西山隔河对峙，如一条河两边的两幅精美屏风，显出和谐与对称。可这河一路下来，到了北门，河西有芝山，河东却是一马平川，便显得有些不对称，尤其是在古代那种房子低矮的情况下，更显得不和谐，好像那水就要往东岸漫出来的样子。于是在这东岸河湾突出的一块高大的石矶上，再建一个佛塔，这塔刚好把这水挡住，也刚好与西面的芝山相对称——这总算是和谐了。一个城市和谐了，才能把风水留住。

塔建好了，总算让人心安。

心安即人安。

塔建好以后，那水患到底少了多少，没有统计，也许少了，也许并没有少。反正这河水每年春夏照样猛涨，秋冬照样回落。塔建好以后，不仅为这小城增添了一道"回龙夕照"的风景，而且，这为着人安为着心安而建的佛塔也便有了佛的悲悯，用了悲悯的眼光看待众生。

对于那个叫潇水的年轻女子，塔总是用温热的目光包容她的野性。潇水，这个从南岭的野狗山南麓走出来的山野女孩，一路蹦蹦跳跳，一路跌跌撞撞地走过来了。越过萌渚诸岭的重重山崖，冲过越城诸岭的层层堵截，她已经衣衫不整。进入小城，她在小城环形的怀抱中得到了休憩，在塔前旋回的河湾中得到塔千叮嘱万嘱咐的叮咛，又在塔温热目光的远送下奋力地走完最后一程，在蘋岛扑到姐姐湘江的怀抱里去了。

对于我们这些凡夫俗子，塔让我们感觉到找到"进口""出口"的欢喜。到过回龙塔的人，没有一个不感觉到找到"进口""出口"的那种快乐。这塔一共有 7 层，构思精巧，每层都有假窗，每层进口、出口的位置都不一样。每上一层要找一个进口，让你每登一层都有一种暗暗的愉悦。每下一层要找出口，让你感到找到出路的豁然。在这找"进口"与"出口"的快乐里，我们暂时忘却俗世的烦恼。正如日本诗人小林一茶写的："露水的世，虽然是露水的世，虽然是如此。"俗世的世，露水的世，浮云的世，微尘的世啊，纵然如露水、浮云、微尘，虽然是如此，也是世，总有"进口"，总有"出口"，让人愿意永远这样活下去。

对于那些失意的文人，对于那些热血的男儿，塔用栏杆让他们拍遍。多少个落日楼头，多少个断鸿声里，多少个失意文人，多少个热血男儿，登上了回龙塔，拍遍了这里的每一道栏杆，慨然长叹："把吴钩看了，栏杆拍遍，无人会，登临意。"（辛弃疾

《水龙吟·登建康赏心亭》）凭栏临风，他会如《单刀会》里关云长那般唱道："水涌山叠，年少周郎何处也？不觉得灰飞烟灭，可怜黄盖转伤嗟，破曹的樯橹一时绝，鏖兵的江水犹然热，好教我情惨切！"唱到此处，不由流下泪来……"这也不是江水，20 年流不尽的英雄血！"冰凉的栏杆让他们的头脑清醒，浩浩江风的吹拂让他们的心、他们的血再热，如火。

对于那些野树，塔让它们把种子在自己的檐上、顶上，发了芽，扎了根，自由自在地向云生长。

对于那些鸟雀，塔让它们叽叽喳喳地随意地从顶上、檐上飞过，甚至让它们在自己的顶上、檐上筑巢，以便飞向更高、更远的空天。

千百年来，这塔一直那么孤独地立在那里，萧肃而不萧条，孤独而不孤单，清冷而不清凉，沧桑而不苍老。

一个初冬的早上，我穿过高楼林立的小区和人头攒动的小巷，又到了回龙塔，我看见：

穿着鲜艳的老大妈在塔前的广场上欢快地跳着广场舞。

长在塔顶虽然落叶但依然在风中苍劲飞舞的野草。

飞鸟飞过塔顶又飞向更高更远的蓝天。

我感受到了塔那清冷的外表下温热目光的注视，让我觉得这个有些清冷的冬天也不再是那么的清冷了。

初冬香零山：一种别样惊人的美丽

看惯了春天的香零山的烟雨迷离，你绝对想不到，初冬的香零山竟别有一番惊人的美丽。

天愈晴，雾气愈大。清晨的香零山是一幅淡淡的水墨画，整个河川都笼在薄薄的雾里。若隐若现的远山，星星点点的渔村，湿湿漉漉的树林，雾气缭绕的河面……

清晨的香零山是一段没有做醒的残梦。湖水沉睡在轻拍的浪花里，船儿沉睡在远航的记忆里，人儿沉睡在昨夜的梦里。

唯有鸟儿是不留恋旧梦的，它们永远第一个起来，叽叽喳喳地叫着，在树丫间跳着，迎接每一个黎明的到来。

太阳早已经出来了，像一张被重重浓雾包裹的小小的饼。

那饼先是白白的，慢慢地像一个蛋黄，先一点点地红，渐渐地成了半边红，全红，最后竟奢华艳丽得刺目，放射出万道金光……

几只水鸟惊叫着，忽喇喇地飞起。

烟消。

云散。

河中心的香零山露出少女般曼妙的身姿。

要渡河么？

渡河才能通碧落。

想回头吗？

回头难免入红尘。

高叫一声："船家！船家！渡河！"立马就有船晃悠悠地过来，正是自己想象的橹摇的那一种，心里便有了暗暗的欢喜。

船儿一桨一桨地慢慢地摇着，船家的话有一句没一句慢慢地搭着。船四周溅起翡翠般的浪花，有柔柔的水草随波荡漾。

观音阁已经在向我招手了。

这阁建于一座天然石矶之上。黑色的瓦、青色的墙，高挑的檐角、精致的造型，掩映在一片绿树丛中。阁为清同治癸酉年（1863）邑绅王德榜、黎德盛等人捐资倡建。王德榜是我的江华老乡，早年跟随左宗棠镇压太平军，继而收回新疆，后又跟随冯子

◎清晨的香零山是一幅淡淡的水墨画，整个河川都笼在薄薄的雾里。（佚名摄）

材抗法取得镇南关大捷，是清朝有名的中兴将帅。他以武功始，却以文治收官，从贵州布政使任上解甲回来，做了许多保护、传承地方文化的好事。在香零山修建了观音阁，在蘋岛修建了蘋洲书院，在富家桥修建了贤水河的石拱桥。"永州八景"中的二景都留下了他的印记。至今想来，仍然要为他点上一炷感念的心香。

与大城市、大景区游人如织的喧闹相比，香零山最大的好处在于风景绝美，一人独享。这么绝妙的一片风景，只有我一个人，真有一种豪奢之感。阳光暖暖地照在身上。登阶而上，两边的野草、箭竹、杂树柔柔地扯住你的衣角。那草、那竹、那树都是生在贫瘠的石缝，不知道长了多少年才冒出来，慢慢地超过石头，又慢慢地长这么高，长成一处小小的风景，你不能不佩服它们的韧劲。整个香零山就是大自然的鬼斧神工造出的一个天然翡翠，镶嵌在四面碧波的潇水之上。那观音阁呢，是那翡翠中最耀眼的明珠，精巧、雅致而秀丽，为这静美的河山留下了绝妙的惊鸿照影。

观音阁上，天高云阔，好鸟高飞。

还没有游人。整个阁内只有我踏着木地板的空响。廊柱已经多年未扫，结满了一个又一个蛛网。微风吹过，蛛网微动，那蜘蛛便以为有蚊粘住，鬼鬼祟祟地从暗处爬来，一见上当，便又生气地匆匆地溜走了。

大殿里有一座小小的观音塑像，法相庄严，眼神有无限悲悯，宛如母亲，让人忍不住跪下来，双手合十，诉说人生中经历的千般烦恼、万种忧伤。

当年的天才诗人海子，面对大海的无限美景，情不自禁写下了8个字："面朝大海，春暖花开"。如今，我面对香零山这静美的河光山色，反复涌起的，竟只是"我愿我心如水，四海齐平"。

香零山的对面，是一道河堤。在我的心中，常常把这堤当做香零山的右岸，是它把喧嚣与凡俗隔开。河堤不知是哪个年代修建的，全部是用巨大的石块砌就，很朴拙的那一种。河堤的这一端，爬满了不知名的绿色野藤，开着绿中带黑的花，有一种说不出的妖冶的美；河堤的另一端，是蒹葭的世界，开满了白色的花，在瑟瑟的风里，漫天飞舞。

晴朗的冬日，我常常手拿一本小说或散文到堤上去看，屁股垫着报纸，头上枕着太阳，看累了，就用书把脑袋盖住，昏昏沉沉地睡过去，直到如盖的暮色笼罩了大地。

沉香寺

历来旅游、休闲的时尚总是往人多的地方走，而我却总是喜欢往人少的地方去。喧嚣总是使景物蒙上厚厚的尘埃，安静更能让人领略到景物本身独具的原创之美、朴拙之美。

到沉香寺，不只是因为她有着养在深闺人未识的美，更是因为她有着不同一般寺院的那种静。

再说，沉香寺，听着这个名字，心里就有些喜欢。

去沉香寺，是在一个初夏的上午。

车驶出东安县城，市声渐远，清风拂面。绿树掩映的村庄，连绵不断的青山，袅袅升起的炊烟，隐隐可闻的鸡鸣，绿绿油油的庄稼，荷锄担粪的农人，都是些江南五月的寻常风光。可正是寻常，才让人的心里沉静。

白沙、紫溪、百花……这些名字，听着，就好；走过，满眼的绿。虽然一路上并没有看到什么大溪，却总有幽幽的水意在我心里流淌。

那水意浓得化不开时，已经到了紫溪市的渌埠头——一个濒临湘江的小村。一座并不起眼的山包突兀而起，掩映在万绿丛中的沉香寺就那么静静地立在半山腰上，如一朵静静盛开的莲。

我们沿着一条弯弯的陡峭公路缓缓而上。

迎面一座高大的牌楼，"沉香寺"3个鎏金大字在明丽的阳光下亮得耀眼。"松香竹香花香沉香阵阵香风香四溢；山美水美人美寺美浓浓美景美长留。"牌楼的长联如一道清凉的屏风，把僧俗两个世界隔开。

如果说，渌埠头的河湾是湘江入湘的"第一湾"，那么，沉香寺当是湘江入湘的"第一寺"了。那发源于广西灵川海洋山的湘江，一路跋涉，一路艰辛，在渌埠头这个温柔的臂弯里得到慰藉，在沉香寺呢喃的佛经声中得到升华，从此要开始一条文化之河的不平凡的旅程了。

香客寥寥，正好方便我们在院里欣赏那些碑、亭、柱、栏和书法精妙的对联。沉香寺乃是因传说舜帝南巡，路过渌埠头，曾在此山腰的悬崖处栽种了一棵沉香木而得名。如今，沉香木自是早已不在了，院内还有一株古树，高可参天，有老人皱纹般的树皮。院里还种了许多桂树，若是秋天，桂花开时，满园清香，当是别样一种风景。

沉香寺过去叫沉香庵，始建于清朝初年，历史上曾多次被毁，"文革"后重建，更名为沉香寺。

大殿后面的一个小门，通往后庭。后庭有一座高大的石宝塔。同去的崔君介绍说，那叫飞鸽塔。为什么叫飞鸽塔呢？他没有说，我也忘了问。我也没有看到飞鸽，却只见塔中供奉的观音菩萨，法相庄严，在暗淡的光线中永远有温暖的笑容，那是阅尽人间世事的悲悯。其实人与佛之间没有距离。人是未来佛，佛是过来人。色即空，空即色，懂得放下，就是新生，华枝春满，天心月圆。

飞鸽塔后面的石壁上刻着4个大字："我心非石"，字体雄浑，发人深省。"我心非石"，不是石动，而是心动；心动，而石不动。可是却有一泓幽泉，从那不动的石头的缝隙间渗出，昼夜不息地流入那石缸。取了瓢子，舀一瓢水喝，有着透心的凉。

可见，其实，石也动。石头的心动叫"凉"，让人的热气，让人的喧嚣一点点地褪去。

沉香寺里住的尼姑、居士，年纪大都在 50 左右，玄装玄袍，神态如秋水般沉静。远远地见你到来，就已合掌，我们也慌忙合掌。其中的一位六十上下，面容清癯，神态安详。一聊，说城里有家，如今，离了城里，来到寺院，静心修行。

中午，我们就在寺里吃斋饭。师父、居士，还有几个香客。菜肴简单，氛围安静。空心菜、苦瓜、茄子等都是师父亲自种植，竹笋，山上就有。我盛了一碗饭，各种菜都夹了一点，慢慢地吃，有别于一般素菜的清香。饭毕，有放一点钱的，也有不放的。放与不放、放多放少，师父也不管不问。

饭毕，我们围着寺院走了一下。其实，这建在半山腰的沉香寺正对着有着湘江"第一湾"之称的渌埠头。或者，也可以这么说，这沉香寺似乎就是专为眺望这一方如诗如画的风景而建的——人站在这儿似乎嫌矮，建一座寺，再砌一些亭台楼阁，哪怕只是加高了一点点，人站上去，却正合适。站在庭前的亭子，静静地远眺这壮美的"湘江第一湾"，宛如对着一幅巨大的山水墨画的屏风：空空悠悠的白云、连绵不断的青山、炊烟袅袅的村庄、芳草萋萋的洲子、缓缓流逝的江水、无处安放的乡愁……

离开沉香寺，天已将暮。小小的沉香寺即将沉入这墨一般的夜色，也将永远沉入我心的记忆。

◎站在庭前的亭子，静静地远眺这壮美的"湘江第一湾"，
宛如对着一幅巨大的山水墨画的屏风……（蔡小平摄）

古城的树

樟　树

众芳凋零唯伊苍翠，这是我喜爱樟树的原因之一，不畏寒，不趋时，厚重中有一股可敬的刚劲。在冬天这样肃杀的季节，四周光秃秃的枝丫更显示出樟树不凡的品性来。

樟树又名香樟、木樟、芳樟、乌樟等，是亚热带常绿阔叶林的代表树种，与楠木、梓树和梧桐树并称为江南四大名木，在中国的南方被广泛种植，古城也随处可见。

樟树有一种朴实的亲热，不喧哗、不媚俗、不抢眼，和着小城安谧的氛围。樟树是平民树，村头、村尾，田头、地上，山上、山下，城内、城外，到处都是他们的身影，一如生长在这块土地上的这些普通的人。可是，再普通的人，活到一定年纪，便有了不凡的阅历；再普通的樟树，超过百年，便有了沧桑。他们被岁月磨皱的皮子长满了青苔，他们高大的枝干爬满恣肆的藤萝，他们接天的树顶常常有乌鸦或老鹰筑巢。我们开始敬畏地称他们为古樟。越是古寺古庙古亭古渡，越能看到高耸入云的古樟，树身要五六个人才合抱得住。暮色四合的傍晚，你从树下走过，常常听到老鹰或乌鸦"呱"的一声，从树的高处一掠，再"呱""呱""呱"几声，便消逝在苍茫的夜色，让你的脊背凉飕飕的，头皮发麻。在农村，常常会请道士给他们画符，钉上铁钉，封住，防止他们成精。

◎樟树是平民树，村头、村尾，田头、地上，山上、山下，城内、城外，到处都是他们的身影，
 一如生长在这块土地上的这些普通的人。（佚名摄）

高山寺、文庙、武庙有成片上百上千年的古樟。他们是另外一种古庙，阅尽世事沧桑、悲欢离合。

这些年，搞大树进城，栽了许多樟树，枝丫都被砍掉。种活了的，发了很多细芽，犹如戴上了假发；没种活的，枝丫如鬼手般伸向天空，夜里真有点吓人。

芭　蕉

在我的心里，樟树与芭蕉分别代表了这个城市植物的两面。樟树纯朴、挺拔、静穆，体现了男人雄性的一面；芭蕉娇羞、温情、慰藉，体现了女人柔性的一面。

少年时读李商隐《夜雨寄北》："君问归期未有期，巴山夜雨涨秋池。何当共剪西窗烛，却话巴山夜雨时。"我常常泪光盈盈。既问归期，却无归期，关山南越，更兼下雨，心里想你；他日相逢，应当欣喜，却话相思，当日夜雨，辗转难眠。因有"巴山"两字，常常把"巴山夜雨"当成"芭蕉夜雨"。其实，我少年时的感觉大抵也没有错，在中国文人的心里，芭蕉确实意味着爱情，意味着相思。

清人张潮《幽梦影》里说："楼上看山，城头看雪，灯前看花，舟中看霞，月下看美人，另是一番情景。"似乎一切美的东西都是用来看的，可芭蕉似乎天生就是用来听的。雨打芭蕉，淅淅沥沥，点点滴滴，不是打在蕉叶，而是打在诗人寂寞的心里。且看杜牧《咏雨》："一夜不眠孤客耳，主人窗外有芭蕉。"今夜芭蕉雨，何人枕上听，夜长人奈何？雨打芭蕉的凄楚连女词人李清照都受不了，半夜起来怨道："窗前谁种芭蕉树？阴满中庭，阴满中庭，叶叶心心，舒卷有余情。伤心枕上三更雨，点滴霖霪，点滴霖霪，愁损北人，不惯起来听。"

其实，看芭蕉也别有一番韵致。最好是夏季，枯槁的旧衣已

◎近年怀素公园为重现"绿天蕉影"的美景，种植了百亩芭蕉，如今都已亭亭如盖。（唐晓群摄）

经全部褪去，碧绿的华衣青翠如滴。风起时，一片片的蕉叶也随风飞舞，如热切的脸盼望着你的抚摸。无风时，她低下了她那小小的头，却用那羞涩的眼睛偷偷地打量你，让你的心里充满无限怜意。

别处的芭蕉意味着相思，而小城的芭蕉还另有一种励志的作用在。相传"草圣"怀素少年出家，因为贫穷买不起纸，便折了寺里的芭蕉叶练字，终于练就了一手恣意横行、天下独步的狂草。少时听到这个故事，先是心动，感动怀素的志向高远、刻苦卓厉。及至中年，便是长叹——都是穷惹的祸。倘若怀素家境稍微过得去，像他那样聪慧绝伦的人，怕是无论如何不肯把娇羞如少女的芭蕉叶折了去练字的呀！而后来的那些轻薄之人却附庸风雅，常常于天光晴好之日，呼朋引伴，吟诗唱和，题诗于芭蕉叶之上，名"蕉叶诗"，墨迹数日不掉，待得雨打芭蕉时方能洗净，真是可恶！

日本有一个俳句大师，叫松尾芭蕉，因为有"芭蕉"两字，他写的俳句我没记住，倒是把名字给牢牢记住了。其实，他并没有写多少关于芭蕉的俳句，整个日本民族对芭蕉都不太感兴趣。他们不喜欢这种娇羞、安静的植物。他们喜欢高挺、脆弱，喜欢戛然而止。像樱花，繁盛如云，一阵雨后就凄凉无限了，像一种快意的人生。

我喜欢芭蕉，是因为要过一种安静、恬淡的日子。

近年怀素公园为重现"绿天蕉影"的美景，种植了百亩芭蕉，如今都已亭亭如盖。能在万丈红尘之中，找到一处安放自己疲惫心灵的地方，真好！

南酸枣树

关注一棵树与关注一个人一样，总是要有一些机缘的。

关注一棵树，是因为这棵树名字的不同凡响。

那是在一中陪读的时候，一个夏日的下午，我到一中的校园里散步。一中校园的特点是树多，而且是古树多，很容易让人想起"十年树木，百年树人"那句老话。一中人才辈出，与树多应当是大有关系的吧。一中对树的保护也是很注意的，不拘泥于古树，稍微有些树龄的树都挂了一块牌子，告诉你，这棵树叫石榴，那棵树叫香樟，那棵树叫杨柳。树龄大的，感觉像一个个神态庄重的老师；树龄小的，感觉像一个个神采飞扬的学生，一路走过，一路欣赏，有一些愉悦在心头。

经过李达广场前的一个陡坡，一株高大的古树吸引了我的注意。这树高与楼齐，树皮如铁，树盖如伞，树叶苍翠，稳稳地占据了李达广场前的一方天空。我看了一下牌子，树叫"南酸枣树"。我是树盲，只听说有枣树、酸枣树，没听说还有南酸枣树。到秋天，这酸枣树也许会结出酸酸的果吧——不由得酸出口水来。

看惯了香樟、杨柳、桂树等常见树的面孔，一下子看到这么一棵身姿挺拔、树名奇怪的树，不由让我关注起这棵南酸枣树来。

南酸枣树，顾名思义，该是要结酸枣的。查了一下"南酸枣树"的词条，得知南酸枣树是分布于亚热带的一种落叶乔木，在中国南方的多个省份都有分布。从资料上看，南酸枣树确实是要结果的，结的果叫南酸枣，又叫四眼果、化郎果。可是在一中陪读四年，我从未见过这棵南酸枣树结果。我也不知道为什么在这么一个陡峭的山坡会长出这么一棵奇怪的南酸枣树，孤零零的，也许是鸟儿，也许是风，也许是流水把它的种子带到了这里吧。

一棵树落在地上，也是天缘。

虽不结果，却一点也不影响这棵南酸枣树成为一棵卓尔不群的树。他的高大与鹤立鸡群使他与周围的树很容易地区分开来。他的不趋时、不媚俗也使他的性格显示出坚硬与刚毅。

二月，杨柳发芽，这南酸枣树用光秃秃的树丫刺向天空。

◎这树高与楼齐，树皮如铁，树盖如伞，树叶苍翠，稳稳地占据了李达广场前的一方天空。（王强摄）

三月，桃花开了；四月，苦楝树花也开了，南酸枣树还是用光秃秃的树丫刺向天空。

　　五月，南酸枣树才开始发鹅黄鹅黄的嫩叶，不几天，那鹅黄便转为翠绿，让一方天空都活泼泼地绿了起来。

　　进入夏天，连一向低调的樟树都开了淡黄的花，结出青青的小果。这南酸枣树只是苍翠地绿着。

　　秋天，桂花开了，满城都飘着丹桂的幽香。连不开花的栾树都发了新叶，白的新叶，粉红的新叶，在那老树叶的衬托下，好像是开花的样子，让人充满喜悦。可那酸枣树还是苍翠地绿着。

　　立冬了，冬深了，那南酸枣树叶从苍翠转为苍绿、苍黑。几场暴雨，几阵狂风，南酸枣树的树叶全部刮落，只见：

　　皮黑。

　　干苍。

　　枝虬。

　　筋劲。

　　枝刺。

　　那真是挂在冬天的天空里的最好的一幅狂草。

凉亭！凉亭！

　　有人必有路，有路必有亭。

　　那么，朋友，你能告诉我，世界上到底有多少条路，路上到底有多少个凉亭呢？

　　路与亭，一直是千百年来守望相对的恋人。

　　亭总是隐藏在路最隐秘的心间。也许是在漫漫黄沙的戈壁，也许是在荒草连天的斜阳古道，也许是在山风猎猎的野岭，她就那么出现了，一点一点地，近了，再近了……翘起的檐角如翻飞的裙摆，精巧的造型是曼妙的身影。

亭在中国的送别文化中占据了非常重要的地位。中国文人的心中一直都有亭的影子———一个折柳送别的地方。一个已经进入高铁时代甚至太空时代的现代人，是完全理解不了凉亭对于人生的意义的。对于现代人来说，想人了，可以打电话，可以发 E-mail，可以登 QQ，可以发微信；想家了，可以乘飞机，可以坐高铁，可以坐轮船，朝发夕至。可是对于交通落后、音信难通的古代来说，一别也许是永远，一别也许是来世，一别也许是他乡，一别也许是缘尽。让我们来看看李白与杜甫的生离死别吧。他们是唐代诗国灿烂天空中最耀眼的双子星座。唐天宝三年（744），已经厌倦了长安的喧嚣与龌龊的 44 岁的李白被玄宗赐金还山，途经洛阳，与 33 岁的杜甫相识。秋，同游开封、商丘。次年，又同游齐鲁。两个天才的三次交汇碰撞出耀眼的光芒。二人"醉眠秋共被，携手日同行"（杜甫《与李十二白同寻范十隐居》），互相唱和，抒写了中国文学史上最伟大的友谊。唐天宝四年（745）秋，李白与杜甫在鲁郡（今兖州）东石门外的长亭分别。世事沧桑，山长水阔，他们始终是对方心中的影，却始终无缘再见。至于晚年的杜甫，"支离东北风尘际，漂泊西南天地间"（杜甫《咏怀古迹五首·其一》），在人生的最后旅途中，困顿、漂泊于湖湘，最后竟于公元 770 年冬卒于潭岳间的一条小船上，"旅殡岳阳（平江）"。我能想象，我们伟大的诗圣，在踟蹰于楚天苍茫云水间的无数长亭的时候，无数次的引颈北望那遥不可及的故乡河南，会流下多少思乡的滚滚热泪啊！

亭是一亭一亭的故乡。

亭是一程一程的送别。

亭是一路一路的爱恋。

亭是一句一句的叮咛。

亭是一串一串的热泪。

自古名山僧占尽，亭一般也建在风景绝佳处。亭里大都有精妙的对联，或咏景，或警世，或讽人，宛如炎炎夏季的阵阵凉风，让你浮躁的心清凉下来。且看小城东门福寿亭的两副对联："世路少闲人，春怅萍飘，夏惊瓜及，秋归客雁，冬赏宾鸿，慨仆仆长征，只赢得栉风沐雨，几经历红桥野店，紫塞边关，名利注心头，到处每从忙里过；郊原何限景，西流湘浦，南崎嵲峰，东卧金牛，北停石马，奈茫茫无际，都付诸远水遥山，止收拾翠竹香零，绿天息影，画图撑眼底，劝君曷向憩中看。""城郭匪遥，此地堪为东道主；关山难越，诸君谁是西都宾。"还有柳子街节孝亭的对联："古井流香，人怀六峝；圣泉比洁，地纪零陵。""憩片时，沿溪寻柳迹；饮一勺，放步到枫林。"这些对联是多么的美丽，多么的雅致。在这样的凉亭前，我常想象自己就是那个古代的赶路人，走累了，口渴了，坐那儿歇上一歇，喝一杯清茶，欣赏一下这佳景，这佳联，这书法，这无可言述的美妙意境，然后继续赶路。

可是，如今的凉亭已经被我们遗忘在她自己的路里了。20世纪公路兴起以后，"那些曾经有恩于我们，曾经为我们遮风挡雨的东西，比如凉亭，比如蓑衣，比如斗笠，已经被我们厌弃，在遗忘的角落里……"（旧作《凉亭》）一个高速的、欲望的时代已经不需要诗意的空间，甚至容不下一个小小的凉亭。每次坐车，看到一闪而过的凉亭，孤零零地立在废弃的路边，有的年久失修，有的已经倒塌，有的成了烂石烂砖烂瓦，我的心里真凉，透心的凉。

谁来拯救我们的凉亭？

凉亭！凉亭！

◎节孝亭（王强摄）

老　屋

　　其实，房子与人一样，都是有生命的。

　　房子的生命来自人的生命，房子的气息来自人的气息。先是脑子里有了它的模样，然后一点一点地做出来——首先挖地基，要尽可能深一点，把"脚"打牢靠；然后砌墙，这是"身子"；接着装门，这是"嘴巴"；装窗，这是"眼睛"；再是上梁、盖顶，这是"脑袋"；砌灶炉，这是"心脏"。一切都准备好了，请亲朋好友，"噼里啪啦——噼里啪啦"地打一阵鞭炮，进火。点起灶炉，启动心脏，冒起炊烟，这房子便开始有了呼吸，有了生长，有了生命，有了气息，日子便一天一天地跳动起来。

　　人给了房子生命。房子护佑着人的日子。

　　房子是一把"大伞"，春天给我们挡雨，夏天给我们遮阳，秋天为我们避风，冬天让我们躲雪。在房子的庇护下，人们垒起了鸡圈鸭圈狗窝，搭建了猪圈羊圈牛栏，养起鸡鸭狗牛羊猪，日子便过得有滋有味。每天一大早，它"吱呀"的一声，打开大门，便打开了一天崭新的生活；每天晚上，它"吱呀"的一声，关住大门，便护住了一家人的红火。房子是主人最忠实的奴仆，主人说的话，它都记着，主人做过的事，它都看着。每户人家里有多少生老病死、人间哀乐，每户人家里有多少悲欢离合、人间故事，它永远都不说。

　　一座房子的衰老是从什么时候开始的？我想，是从没有人住开始的。没有人住的房子就像没有了灵魂，没有人的气息的房子开始衰老。在我看来，中国人是世界上最爱建房子的民族，也是最不珍惜房子的民族。我们永远想住更新的房子，任凭老房子烂掉。我们往往是刚建起一座房子，又忙着去建另一座房子，心里想着更新的房子。我们像掰苞谷的猴子，人生在房子中虚耗。不住人的房子，人们开始专门用来养猪养鸡养鸭养牛，堆柴火，活人的气息逐渐飘散。没有人气支撑的房子，瓦一片一片地掉，墙壁一块一块地脱，木头一根一根地朽，最后连鸡鸭牛都不敢关了，任由老鼠睁着贼溜贼溜的亮眼睛到处爬行，霉气与黑暗充满了整个屋子。它们如死尸一般地被时间分解，乱七八糟地匍匐在大地。

在乡下，我常常能看到许多废弃的老屋，它们像一块块巨大的伤疤，刺痛我的眼睛。还有许多老屋已经倒塌，曾经生机勃勃的它们如今横七竖八地躺在地上。蒲公英、狗尾巴草，还有一些我叫不出名字的野草到处疯长，"叽叽喳喳"的麻雀自由自在地在上面跳来跳去。人近得来，"呼"地一下便飞走了。晚上，那些没有人住的房子门窗被风刮得"咣咣"响，实在吓人。

第二部分

渐行渐远的故乡

"深山藏古刹，十里望家园。"

每个人都有故乡。

故乡是每一个人心灵里最柔软的部分。

可是，故乡是什么呢？

故乡其实很简单。

故乡，就是你一想起她，就会不由自主奔涌到你脑海里的那些画面。

故乡，就是你一想起她，就会不由自主奔涌到你脑海里的那些人。

故乡，就是你一想起她，就会不由自主奔涌到你脑海里的那些景。

故乡，就是你一提到她，就会不由自主地奔涌到你眼眶里的那些泪。

故乡啊故乡，她永远是我人生中最美的风景。

故乡：生命里最动人的风景

　　漂泊的脚步总是愈走愈远，故乡也是一点一点地变。梦里飘进的故乡啊，仍然是昨日的容颜，让走在异乡的我怅然回望。

　　故乡，永远是我生命里最动人的风景。

门　楼

　　故乡是江华萌渚岭山脚下一个很普通的村庄，叫牛角湾。

　　村是大村，我记事起村里有千余名村民。姓氏很杂，有唐、莫、刘、黎、王等十余姓。每姓都有一个门楼，如唐家门楼、莫家门楼、刘家门楼等。每个门楼里的家族就像一株巨大的树，有根的深沉、枝的繁茂与叶的细密。

　　门楼是一个家族的标志。

　　门楼是一个家族门第的象征。

　　门楼隐藏了一个家族隐秘的气息。

　　门楼留下了一个家族辉煌的印记。

　　门楼见证了一个家族的兴衰荣辱。

　　对于门楼来说，"生"意味着这个家庭又添了香火，"死"意味着有人如牛马般地在大地上劳碌，又如风一般地从门楼里消失了。"婚"是一个男人娶了一个外姓女人，从此要尽为人夫、为人父的责任。"嫁"是一个女人从门楼走出去，从此要受为人妇、为人母的劳累。"别"是一个人离开了故土离开了亲人，要到他乡云一样地漂泊。"聚"是一个人回到了故土见到了亲人，闪着晶莹的泪光

◎ 我们家门楼的门槛很高，两厢并列着石凳、石锣、石鼓、石马、石椅。（陈景阳摄）

有着棉花一般的温暖。"兴"是这个家族香火鼎盛人才辈出，让自己的门楣生光脸面生辉。"衰"是这个家族香火凋零人才凋敝，让自己的门楣黯淡脸面如野草般荒芜。

方圆几十里，最出名的门楼是我们唐家的门楼。

那是一个坐北朝南的八字门楼，重建于清光绪十年（1884），青砖砌墙，青石铺路，青瓦盖顶，粗看与一般门楼无异，细细考究却并不一样。一般门楼没有门槛，前庭铺石条供人休息。我们家门楼的门槛很高，两厢并列着石凳、石锣、石鼓、石马、石椅。据族谱载，宋皇祐元年（1049），先祖彦范、彦龙、彦平、彦经、彦辅5人中进士，先后皆任知县，一时称为盛事，乡人号吾乡为"五知坊"。族里修建了这一座八字门楼予以纪念。到了我们唐家的八字门楼，"武官下马，文官下轿"。老人们讲起祖上的辉煌，讲起八字门楼的荣耀时常常眉飞色舞。少年时候的我对于这门楼的来历常常抱有深深的怀疑：有多少文官武官会到我们这种穷乡僻壤呢？既然祖上这么阔这么发达，为啥我们还要住这么低矮的房子，每天还要汗流浃背地干活，还餐餐吃红薯饭、喝南瓜汤呢？为什么祖上不多留一点金子银子让我们一年四季天天都有腊肉吃呢？肚皮饿得发昏的我常常问老人，问得他们喉结抖动，嘴巴艰难地吐着唾液，眼睛闪过阵阵迷惘的光。

在我小时候，门楼里还住着几十户人家，房子大都低矮，外面青砖里面水砖，包裹着"俺的祖先曾经阔过"的那一点点小小的虚荣。低矮的房子住人关鸡也养牛，古老的门楼人走过鸡飞过牛也走过，把那门槛与青石板磨得光亮光亮。

门楼是家族聚居的中心。夏天的中午，全族的男女老少都要到那里乘凉。男的光着膀子，女的挥着扇子，小媳妇奶着孩子。男人讲东家长，女人讲西家短，小孩子围着老人讲古。讲着讲着就有人打起了呼噜。讲的口水讲干，睡的鼾声如雷，各不相扰。看着太阳西斜，各去插田、犁地、砍柴、放牛、洗衣、做饭。

多少代就这么过来了。

老　屋

老家有老屋两栋，一栋在门楼里面，一栋在门楼外面。

如果说，门楼见证了一个家族的兴衰，那么，老屋则见证了一个家庭的繁衍。

门楼里面的老屋是太爷砌的，水砖砌墙，瓦房，共 3 间。太爷共生了爷爷、满爷爷、姑奶奶 3 个孩子。鼎盛时期一家 20 多口人，全部挤在这火柴盒般的房子里。我小的时候，这老屋已经没有住人，只划作左右两边，分别给我们和伯父两家关猪牛、放柴火。关于这老屋，一直有个传说，非常恐怖。说的是满爷爷（也许是另一位老人）过后，家里没钱安葬，尸体一直放在堂屋的棺材里，摆了 3 年，都成了精，一到晚上就出来捉小鸡吃。吃一只鸡，棺材就染一滴血，把整个棺材都染得血迹斑斑，3 年后有了钱葬下去才重获安宁。这个故事无可查考，但起码说明，我们的祖辈都很穷、很苦，从来就没有发达过。小时候，每次我听到这个故事的时候，总是毛骨悚然，晚上要把脑袋缩进被子才能睡觉。稍大点去喂猪、放牛，总觉得那老屋的墙呀，窗呀，屋顶呀，到处都有一双双眼睛，隐隐都能看到斑斑的血迹——为了壮胆，我总是大声地唱歌，要么响亮地吹口哨，以最快的速度把潲倒进去，把牛紧喝快赶地赶出来，直到大门外面的阳光底下，一颗"呼呼"跳的心才重新回到胸腔。

门楼外面的老屋是爷爷和父亲、伯父砌的。爷爷砌了五间，伯父一家住左边两间，我们一家住右边两间，堂屋各一半。后来伯父、父亲又紧挨着各砌了两间，所以说是爷爷、父亲和伯父合砌的。

3 代人，9 间房，见证了一个家庭的读书梦。

◎村子南面有座石山，山并不高，林也不密，最高处三座山峰并峙，宛若笔架，
　故名笔架山。（陈景阳摄）

爷爷是个砌匠，耳朵有点背，外号叫"唐聋子"。作为砌匠，他无疑比太爷有钱，也更懂造房子，更讲究风水。到处砌房子也增长了他的见识与阅历。他未读书，加上耳背，更加深深地体会到读书的重要性。村子南面有座石山，山并不高，林也不密，最高处3座山峰并峙，宛若笔架，故名笔架山。他把大门正对着笔架山的笔架，用青砖作外墙，水砖作内墙，巧妙地砌出五间青砖瓦房，好像一支大毛笔就要稳稳地搁上那大笔架一样——热血沸腾的爷爷相信，这个房子会出读书人会出顶子会改变祖祖辈辈捋锄头把的命运，会增加八字门楼的荣光。爷爷加油送父亲读书，父亲很用功，成绩也不错。可是这个梦想从爷爷给人砌房子从梁上摔下来不久以后就死了一样，被摔得粉碎。比父亲大10多岁的伯父不肯再送父亲读书。父亲休学1年，参加毕业会考仍以全校第3名的成绩高小毕业，回到了农村。

　　回到农村后，父亲当了一段时间的民办教师，因种种原因，无奈地离开了教师队伍，再也没有机会出去，就像一块石头一样，最终埋入了沉重的大地。

　　再回农村，父亲已经二十五六岁，农活久已生疏，家里徒有四壁，面对的是家族的欺负、邻里的蔑视与村人的白眼。母亲央告外家的一个叔伯哥哥，收下父亲做徒弟，接过爷爷拿过的砌刀，成了一名砌匠。

　　父亲的经历让我很小的时候就知道，人的一生充满了无可奈何的悖论，你思想的大脑想往这边走，可是命运的脚步却让你往了那边去。按照爷爷的期许、父亲的成绩与经历，父亲至少可以跳出农门，做一个教书匠。可是命运的捉弄却使他最终成为了一名砌匠。只不过在以后艰难劳作的漫长岁月里，会不会还有学生亮晶晶的眼睛、纷纷扬扬的粉笔灰飘进父亲的梦里呢？

　　很小的时候，父亲有个外号叫"瘴子"，实际上是游手好闲的意思。我一直没弄明白，父亲不是当过老师的吗，他们怎么叫父亲这个外号呢？后来我才悟出，那时候是人民公社，当砌匠就是搞副业，就是游手好闲，就是一条长长的资本主义尾巴没有割掉而已。因为前途灰暗，阴郁而暴戾的父亲宁愿像风一样，在大地上游荡——累死累活，一天才挣几分钱的工分，有什么吸引力让父亲参加劳动呢？一家5口人，基本上只靠母亲一个人挣工分，年年超支，连红薯饭都没有吃，这种生活还有什么盼头呢？娇弱的母亲自然而然成为暴躁的父亲拳头的发泄对象，母亲的哭泣与我们兄妹的哭喊成为我童年的苦涩记忆与人生挥之不去的巨大阴影。

分田到户后，父亲在政治上得到解放，作为砌匠的优势也逐渐显露。家里的田地，母亲都侍弄得好，母亲还能烧酒、种烤烟、烤烤烟，比一般的农村妇女能吃苦、能干。父亲到处给别人砌房子，吃住在主家，一天还有两块五的师傅费，自然过得比别人好一些。在买了几乎是我们村第一台"永久"牌单车、第一台缝纫机以后，父亲做出了一生中非常重大的一个决定，在爷爷砌的房子边，再加砌两间房子。

父亲砌这两间房子的时候，我已经读小学三四年级了，开始懂事。也正是在砌房子的过程中，我知道了父母亲的艰辛、亲情的沉沦、农村的自私与阴暗。砌房子用的时间很长。整整两年，从夏天到秋天，父亲牵着家里那头老牛，在一个挖出的红砖泥坑里踩来踩去，踩匀称了，就把砖泥一块一块地用一种木制的绳弓割出来，"呼"地一下甩进一个木制的砖模里，做出一块一块泥砖，然后一窑一窑地烧出来。天不亮，父亲、母亲就进大山冲里，把一根根的杉树背回来。石料呢，也是父亲、母亲上山炸石头，然后一担担地挑回来的。

房子砌好后，父亲开始对两个儿子的发展方向进行思考。那时候已经到了20世纪80年代中期，农村里许多人家孩子初中毕业就再不送读书了。他们要子女到广东干那个时代最为时尚的工作——打工。用孩子打工挣来的钱，他们把房子砌了一座又一座，直到把整个村子都变成了房子的"森林"。在我读初三的那一年夏天，伯父约父亲再去划一块地基砌房子。后来父亲说，我不砌了，我要送两个儿子读书，我要他们向公家要房子。

父亲拼命地送两个儿子读书。晚年的父亲曾经很遗憾地说，砌了一辈子房子，都没有在老家砌过一座真正的房子，我们都安慰他说，我们的房子不是您的房子吗？父亲摇头说，不是。还常常说，你们两兄弟，要是留一个在家就好了。其实，我明白，父亲不是遗憾没有在老家砌房子，而是怕我们出来了，我们的子孙就像云一样的飘散了，就要把父亲、母亲的老房子和他们的墓孤零零地丢在故乡了。想起这些，怎不让人热泪盈眶。

每个人都有自己的故乡。

故乡里总有一座老屋。

明天我的女儿长大，会不会像我经常想起故乡、想起老屋一样，梦里总会飘进我现在生活的小城，还有现在住的房子的影子呢？

大　井

大井在村的南面，与老屋的大门、笔架山的笔架刚好成一条直线。

站在老屋门口，一眼望去，远处是笔架山的烟雨轻岚，近处是大井的婆娑树影，有一种淡淡的雅致。如果说，笔架山的三个山峰像一个大大的笔架，那么，大井就像一方闪闪发亮的砚台。小时候，我常想，如果有一支巨大的笔，在那砚台点上墨，飞笔走龙蛇，那将挥洒出怎样一幅酣畅淋漓、生动磅礴的动人画卷呢？只可惜，我没有李白、杜甫、苏轼那种"笔落惊风雨，诗成泣鬼神"的天纵才气与冲天豪情。

大井在一片田野中间。旁边一个塘，叫清水塘。一条蜿蜒的石板路把大井与村紧密相连。

井共有 6 口，都用大青石板隔开。最里面的一口是吃水井，下有巨大的泉眼，深不可测，不时有一串串的气泡鼓出，晃悠悠地，慢慢冒出水面。井底长满了鲜红鲜红的水草，在透明的水波的荡漾下，漂亮极了。井水异常甘洌，夏天凉得沁人心脾，捧了一捧还想再捧一捧喝。冬天暖得热热乎乎，冒出的阵阵白气十里地外都能看到。泉水的水源非常旺，仿佛练了气功似的，源源不断，你挑得越多她就满得愈快，无论天气多么干旱，从来就没有干过。挨着的两口是洗菜井，接着的两口是洗衣井，最后是尾井——洗锄头、挂耙等农家工具用。井水流出尾井后，进入清水塘，分成两条小溪灌溉着家乡的千亩沃野。

大井是母亲，她用甘甜的乳汁哺育我们，还浇灌出五谷，养活我们。

大井的水是圣洁的水。小孩出生，洗第一个澡，是用井水洗的，表示清清白白地来了；老人死了，孝子要跪着到大井取水，给老人抹最后一个澡，表示干干净净地去了。

大井见证了我们孩提时代多少快乐的时光。一整个夏天，我和小伙伴们都是井里的泥鳅，我们赤条条地在水里游啊，洗啊，泡啊，打水仗啊，游够了就爬到田里，游到塘里摸泥鳅，捉鳝鱼，弄得一身泥巴裹裹，又回到井里游啊洗啊泡啊野啊，直洗到太阳下山，嘴唇冷得乌黑一身直打哆嗦才回家。对于男人来说，大井是村里最大的公共澡堂。炎炎夏日，男人们吃完晚饭后会三三两两地到大井泡澡。山里男人是质朴而野性的，他们全都脱得溜溜光光的，清凉的井水洗净了一身的污垢，洗去了一天的疲惫，洗掉了一身的燥热，泡够了回家搂着老婆，打着呼噜一觉睡到天亮。

对于女人来说，大井是村里最大的那面镜子。她们挑水要去照一下，洗衣裳要去照一下，洗菜要去照一下。无数多如衣裳的日子就这么照过去了，无数隐秘的心事就这么照出了，无数大小的新闻就这么照出来了……哪家儿媳对老人不好，哪家男人到广东打工赚了钱，哪家女人有什么花边新闻，欢乐与叹息声能让井水荡起微微的涟漪，又平静下来——日子总还要过。

找一个心爱的姑娘到大井亮相，是全村小伙儿最大的青春梦想。小伙子们找了心爱的姑娘，总要带着到大井转转，看一看家乡美丽的大井，喝一口家乡甜甜的井水，接受婆姨们如毒的眼睛如刀的嘴巴的评判。小伙子骄傲如叫公鸡般地走在前面，姑娘照例是躲躲闪闪羞羞涩涩地跟在后面，如花的脸比苹果还要通红。婆姨们的心是善良的，眼睛是毒色的，嘴巴是如刀般锋利的，总要抓着小伙拷问，拿着姑娘打趣，直到姑娘害羞地依着小伙的肩膀，落荒而逃。

朋友，如果有一天，你遇到一位小伙子，他对你说，我想带你到我们村的大井看看，我得先告诉你，那就是我们牛角湾村的小伙，那也绝不只是看看哟！

古道·凉亭

村后有条古道，道上有亭，叫惠风亭。

亭不知建于何时，正如你不知道她毁于何时一样。古道的年纪却可以称得上沧桑。古道全部用鹅卵石铺就，据说是秦始皇征百越时所建。古道曾经很长，它北接沱江、道州、永州，南经码市、涛圩进入两广，是那个时代密如蛛网的古驿道的一根蛛丝。古道曾经很繁华，据说西汉陆贾出使南粤，汉武帝平定南越均走此道。千百年来，这古道该滚过多少辘辘的车轮，响过多少马蹄，发生过多少催人泪下的生死别离呢？

人说岁月如刀，而我却说，公路才是最锋利的剪。对于古道来说，岁月这把钝刀并没有把它磨平，却只让那精灵般的鹅卵石

◎村后有条古道，道上有亭，叫惠风亭。（陈景阳摄）

磨得更加闪闪发亮。自 20 世纪初大兴公路以来，那一条条公路正如一把把无比锋利的剪，把那密如蛛丝的古道剪得七零八落。没有人走的古道逐渐湮没，没有人送别的凉亭逐渐崩塌，他们如敝屣般被委弃在地上，宛如秦风汉魂留下的阵阵叹息。

山野少年的无忧时光没有叹息，对于这古道与凉亭，我却有一种隐隐的敬畏与恐惧。那凉亭立在村后的一座山岗上，前面是油茶林，后面是松树林，平时人迹罕至。我和小伙伴们常到那儿去放牛。没有文化不懂历史的老牛、小牛慢悠悠地踱在古道上，踱着踱着就会撅起屁股，把一坨坨热气腾腾的屎从容不迫地拉出来，增加这古道的民间与厚重。那亭的墙用厚厚的青石铺就，上面用巨大的杉木做成横梁，盖着青瓦，有一种无言的静穆。亭的旁边有一座小石山，叫篁竹山，上有一岩，下有阴河。篁竹山上篁竹不多，传说却恐怖。乡谚"篁竹山篁竹山，银子十八缸"。据说太平天国洪秀全永安突围后，从广西进入湖南，曾经走过此道，并埋银十八缸于岩内。常有不怕死的好财之徒去挖，挖着挖着，阴河的水就会涨起来，把人淹死。还传说这岩十八个人手拉手进去，手拉手出来，却发现总会少一个人。篁竹山传说的恐怖更增加了凉亭的阴森与恐怖。靠亭的北侧有一株古樟，树冠高耸入云，树身要四五个大人才能合抱。有人走过，尤其黄昏，常有老鸦"呱"一声，一掠，再"呱""呱"两声，就飞到远远的天际去了，让你的头皮隐隐发麻，脊背阵阵发凉。听村里的老人说，这古樟已经得了道成了精，请道士画了符钉了铁钉镇住了。我与小伙伴们找过，却从未看到。再往北直到桥市，古道两边就全是油茶林、松林了，其间只有稀稀拉拉的几个村落。这凉亭除了抄近路的到桥市赶集，砍柴火的路过歇肩或放牛的伙伴们结伙过来玩一下之外，平时很是阴森与荒凉。我与小伙伴们放牛，人多，还敢在凉亭玩；人少是绝对不敢来的，远远的，绕了走。

正如一个表面沉默寡言的人实际上也爱热闹一样，凉亭每年也会热闹几天。每年的大年初一、二月初一、六月六，上至沙井、涛圩、河路口，下至东田、沱江，甚至江永、道县的青年男女，都要到我们村后的凉亭听我们梧州瑶族人唱"嘞嘞嘿"（江华梧州瑶族人唱山歌的统称，这种山歌每节以"嘞嘞嘿"结尾，故称"嘞嘞嘿"）。大年初一，梧州人用唱山歌的方式迎接新年。二月初一是赶鸟节，六月六是梧州人独有的歌节。那几天真可以说是热闹非凡，到处人挤人，人推人，人瞧人。那真是歌的海，这边"嘞嘞嘿"起，那边"嘞嘞嘿"落，连鸟叫也像唱山歌。有对上眼的姑娘、小伙往往就会离了群，直奔油茶林、松树林而去——他们真是天底下最幸福的人。

与人的一生总要经历几次住院最终总要化为泥土一样，亭也经历了多次修修补补，最终于 20 世纪 90 年代的某一天像一个垂危病人一样轰然倒塌。与凉亭的轰然倒塌一样，梧州人这个最爱唱山歌的瑶族人也猛然间不唱"嘞嘞嘿"了。每到那几天，凉亭还是这么人挤人，却常常只是人看人，再也听不见那纯朴的歌声了。每次回家，路过凉亭，抚摸着那些烂石烂碑，想起那已经远远飘去的"嘞嘞嘿"，总有一种无言的痛。

城市里有许多古玩街，摆的其实都是从农村的古庙古亭古村古墓贩来的古玩、古董——在这个金钱万灵的时代，在这个充斥着欲望的时代，在这个浮躁的时代，已经没有什么地方可以安放我们质朴的心灵，也没有什么东西不可以卖出去。好多回，从那儿走过，我总是担心故乡凉亭的那些石碑石栏石柱会在那儿出现，就像遇见一个在不宜场合出现的老亲戚。

（注：2013 年，湘桂古道成功创建为第七批全国重点文物保护单位。江华县委、县政府加大对辖区古道沿线文物的保护，惠风亭也于 2019 年重新完成修缮，这座已倒塌多年的古亭，又重新屹立在山风猎猎的湘桂古道，让秦风汉魂走入更加余韵悠长的历史长河中去了。）

洄 溪

自凉亭往西，是一片油茶、松树林，浓可蔽日。其间一条小路，蜿蜒而下，过篁竹山脚，便豁然开朗。

迎面铺开斑斓原野，隐隐传来鸡鸣狗吠。齐人高的灌木如钝刀，把这原野分割成毫无规则的西一块、东一块，只让绿油油的庄稼恣肆生长。豆角、南瓜、丝瓜之类的藤蔓永远是好奇的，常常把柔嫩的小手爬过灌木丛，张开小小的眼睛四处张望，听得人来，又害羞地把脑袋缩了回去。风里总有菜花的芳香。太阳就像一个大西红柿，挂在高高的天上。"叽叽喳喳"的鸟叫声总在你身边，倘走近了，却捉迷藏似的不响，待脚步移开，它们又更加热烈更加灿烂地响。

在这样的原野行走，多么希望自己就是一个随意生长的南瓜，也许一条自由伸展的藤蔓。

远远的，便见了袅袅的炊烟。炊烟下面是参天的古树，古树下面是青色的屋脊，屋脊下面是绰绰的人影，人影中间有久违的亲切的人间的气息。

这是一个依山而建的小村，鸟巢般掩映在参天的古树里。村庄后面，一座石山突兀而起，山上树木郁郁葱葱如母亲如瀑的长发。过去一片田野，横着另一座敦厚的石山，山上树木稀疏如父亲光秃的脑门。于那山脚处却有一洞，一股地下泉水奔涌而出，洄旋而流，越过田野，涌入前面石山的一个暗洞，再从山前村庄奔涌而出，曲曲折折，向西流去……

村叫虾塘——我们牛角湾村后面的一个小村，溪叫洄溪。这一带地域即为"江华八景"之一的洄溪寿域。

星云大师说，佛是已经开悟的人，人是尚未开悟的佛。从人到佛，需要顿悟。那么，风景呢？我以为，风景是有人欣赏的风光，风光是无人欣赏的风景。从风光到风景，需要激赏。故乡洄溪一带，位置偏远（离沱江都还有 50 公里），风光也无非寻常的田园风光，可要从风光变成风景，需要一颗怎样平常的心，才能应了眼前这般散淡的景呢？

是一双文人的眼睛首先发现了洄溪一带的出尘之美。1200 年前的一个夏天，时任道州刺史的元结来到了洄溪。其时正值安史之乱，与邻近道州"州小经乱亡，遗人实困疲。大乡无十家，大族命单羸。朝餐是草根，暮食仍木皮"（元结《春陵行》）相比，洄溪一带老百姓"乳水田肥宜稻粱，禾苗如油米粒长"。"问言只食松田米，无乐无忧共人语"。这无疑是一个世外桃源。这里的怪石让他讶异，这里的寒泉让他心静，这里的松涛让他心怡，这里的安逸让他欣羡：

> 长松万株绕茅舍，怪石寒泉近檐下。
> 老翁八十犹能行，将领儿孙行穑稼。
> 吾美老翁居处幽，吾爱老翁无所求。
> 时俗是非何足道，得似老翁吾即休。
>
> ——元结《宿洄溪翁宅》

元结的诗，我向来以为是做得不好——他不是那种天纵才情的诗人，也不讲究作诗的技巧，而是以一种直面现实的坚硬、朴拙与粗粝，成为诗歌史上的一枚巨大的叹号！但相对于诗歌，我更欣赏元结那"毒色的眼睛"。男人的眼睛，天生有"色"——在他欲望的瞳仁里，永远有女人美丽的风姿。而有的男人的眼睛不仅有"色"，而且有"毒"——不仅能看到女人的风姿之美，更能激赏并表达出常人所不能领略的风光之美。对于我们永州来说，第一眼睛有"毒"之人当属柳宗元。在柳宗元之前，一切关于永州的歌咏都如潇湘夜雨般朦胧、瑰丽、幽怨，如无可触摸的雾。可是柳宗元贬在永州10年，投迹山水地，放情咏离骚，他用他那毒色的眼睛，一点一滴地刻画出了小石潭、钻鉧潭、愚溪、蘋岛等永州山水的惊世之美，使永州的山水名闻天下。第二眼睛有"毒"之人当推元结。元结任道州刺史九年，烦闷之余，便像潇湘河上的浪荡汉子一样荡来荡去。在祁阳，他发现了浯溪之美，并写下了浩气千古的《大唐中兴颂》。在东安，他发现了九龙岩；在零陵，他发现了朝阳岩；在道县，他命名了右溪；在江华，他发现了阳华岩，并到我的家乡发现了泂溪。现在永州的27处国宝，有三处与他的发现有直接关系。写到这里，不由得在心里为他们点上三炷感念的心香。

元结之后，一代又一代或大或小的文人来到泂溪，在这里留下了有名或无名的翰墨之作。泂溪也用它的清幽与宁静，抚慰了他们在滚滚红尘中受伤的心灵，让他们重新上路——处江湖之远固然岁月静好，却也寂寞。欲望驱使他们的脚在红尘奔走，漫无目的。

他们只是偶尔飘到泂溪上方天空的一片云。

真正在泂溪寿域找到了灵魂安顿之所的是我的先人。泂溪的左面是一片黄土丘陵，从上往下，布满无数大大小小的土馒头。我的先人大部分都埋在这里。这真是一块风水宝地。站在这里，向南望去：近处，泂溪泂漩而流；远处，笔架山的烟雨轻岚如烟如雾；左边，磨锣山、篁竹山、萌渚岭翠峰如簇；右边，虾塘村的后龙山、牛牯岭逶迤而去。这正适合风水学上的"左环、右抱、后靠"的说法。一代代风水先生的眼睛都被泂溪寿域的祥和之美迷住，他们挑剔的罗盘再也指挥不了他们软绵绵的脚步，他们都不约而同地把我的先人们的最后的安居之所选到了这里。这些坟都正对着故乡的方向、门楼的方向。每年的清明，我们都要带上家酿的米酒，艾草做的糍粑，熏得喷香的腊肉来这里祭奠他们。培两铲新土，点几炷新香，烧几串纸钱，打几挂鞭炮，喝几杯米酒，喊一通老拳，直到太阳落山、暮霭沉沉，方才东倒西歪地回去。

其实所有的坟墓都面朝故土。

所有的灵魂都心怀故乡。

过年五忆

冬至过后，"年"便如一场长途比赛的终点，慢慢地可以看到它的影子了。关于小时候过年的记忆便如同那挂在终点的晃动的红绸，永远那么鲜艳。

杀年猪

记忆中的过年，是从一阵又一阵"嗷嗷嗷"的杀年猪的嚎叫声开始的。

腊月以后，此起彼伏的"嗷嗷嗷"的嚎叫便响起在村庄。家家户户开始杀年猪了。

民谚："养鸡为换盐，养猪为过年。"平常日子过得好不好要看鸡屁股，过年过得好不好要看猪屁股。年猪的重量决定了过年的质量。那时候家家户户都是要养几只鸡，养几头猪的。养鸡不是为了吃，而是为了下蛋，换盐；养猪不是为了卖，而是为着等过年杀。过年时杀猪不叫"杀猪"而叫"杀年猪"，就是这个意思。一头年猪，绝大部分都要烘成腊肉，过年的那几天要吃它，正月来了待客要靠它，开春以后肚子闷了解馋要靠它。没年猪杀的人家，男人没笑容，女人唉声叹气，靠从市场称点猪肉从亲戚家赊点猪肉烘十几块腊肉对付过去。

杀年猪前几天，父亲母亲便把杀年猪的日子告诉了所有的本家、亲戚、好友，请他们喝"猪血汤"。

头天晚上，母亲会比平常多舀几瓢潲倒到潲盆，让猪吃得饱一些。母亲说，不能让猪当饿死鬼。

天刚刚亮，母亲便会把我的耳朵扯起，"杀猪了！杀猪了！"急急忙忙爬起来，打着电筒往老屋赶。父亲、大舅、小舅，还有几个本家叔叔、哥哥已经把猪赶出了圈，出了门楼往堂屋方向赶来。母亲在堂屋早就摆好一张高凳，一个放了清水放了盐的木盆。快到堂屋，父亲大吼一声，揪住一只猪耳朵，大家便揪耳朵的揪耳朵，扯尾巴的扯尾巴，抬脚的抬脚，把猪抬到堂屋，架到高凳上。父亲用棕绳把愈发"嗷嗷嗷"大叫的猪嘴巴捆住。旁边的人把杀猪刀递过来，父亲用刀背在猪喉咙上拔几根毛，对空一吹，把刀对着那猪喉咙稳稳地捅进去，直到刀柄埋没，再一抽，便有猪血喷泉般地喷进盆子。母亲用手在盆里急急地搅着。待血放尽，父亲喊一声"放"，大家把猪往后一甩，那猪挣扎一阵，便往极乐世界去了。

有一年杀猪，不知是父亲的刀法走偏还是血未放尽，那猪竟然还围堂屋走了几个圈，实在是好玩而又惊险。

接着要刮毛。刮毛就像给猪洗一次热水澡。猪这一辈子（实际上也就是一年，最多两年，有的只有半年）都在又脏又冷又湿的粪坑里滚，却没想到能在死后干干净净地洗一次也是最后一次热水澡。刮毛前，要把猪吹得圆圆滚滚，刀好用力。先在猪脚踝割一个小口子，用一根钢筋四处通一下，然后用嘴对着口子吹，吹一阵，扎住，用捣衣棒猛捶几下，再吹，再扎，再捶，直到把猪吹得圆圆滚滚，才用绳子把口子扎住。七手八脚地把它抬到架了一根板子的木盆上，开始刮毛。水是早就烧得滚开了的，打一壶开水慢慢地烫过去，那刀便"嚓嚓嚓"地刮起来，毛和污垢应声而落，逐渐地白多黑少，那猪变成了一个白白胖胖的新娘子了。

然后是开膛、破肚。一头被刮得干干净净的猪，毛重起码在100公斤以上。要把这么一个庞然大物开膛破肚并非易事。父亲要把一架楼梯取出来，摆在地上，把猪抬起，放平。把猪的后脚用绳索拴住一根棒槌，再把棒槌反扣住楼梯，大家"一二三""一二三"地喊，齐心协力地把梯子慢慢地举起，靠墙立住，然后从容地开膛破肚。大肠、小肠要趁热取出来，洗干净，板油、猪肝、腰子放簸箕。这猪便只剩下一具骨架子了。再用斩骨刀把猪从背脊中间破开，卸下半边放案板，然后再卸楼梯的另一半放案板。

一头年猪，除了杀猪那天剁几公斤，请亲朋好友吃猪血汤之外，其他的都要用斩骨刀慢慢地一小块一小块地开出来，放进早已洗净的几口大缸里，倒醋、白酒、生姜、盐，搅匀，盖好，入几天味，再拿出来，一块块的挂在堂屋的楼板底下，就像一排排小小的瀑布，看着就欢喜。

晾几天，水干了，这些腊肉都要再取下来，横一排竖一排地挂在火炉头，用灶火的烟气熏。过不了几天，这腊肉就会慢慢地由白到微黄，再由微黄到黝黑，最后由黝黑到苍黑，就像《水浒传》里李逵的那张脸。

那烟火熏出的腊肉，真正是香，而且解馋。来客了，不用花钱去街上买肉，取一块或割一截，炒了或蒸着吃，都很好。夹一小块腊肉，就能喝一大杯酒，宾主都喝得满脸通红，油光满面。若是"五匹马""八福寿""九长春"地再喊上几拳，那就实实在在地太尽兴了。

有些客少而节省的人家，头年的老腊肉可以接吃到来年烘的新腊肉呢。

如今过年，"嗷嗷嗷"的杀猪叫声已经少了。青壮劳力都到广东打工去了，养猪的少。过年到集市上称几斤猪肉，凑合过完年就走了。

养狗的却多，一到夜晚叫得欢。

大年三十

过年就像一部轰轰作响的列车"哐哧哐哧哐哧"，四处乱走，到处狂吃，所以苦，所以累。

大年三十作为一年中最重要，也是最后的一天，更要千方百计搞点好吃的，做年夜饭便是许多家庭的核心任务。在我们家，那是母亲的核心任务。父亲的核心任务是写春联。

那时候我们村子过年时贴的春联大半都是父亲写的。

头几天晚上，父亲便拿一支铅笔，几张稿子，坐在火炉边，琢磨对联了。父亲高小文化，当过民办老师，是方圆十几里很有点名气的读书人。父亲写对联，不像别的农村写手，只知道照抄挂历本上的对联，而是根据什么季节，主家什么家境，办什么事，有什么想法琢磨出来的——这已经是写对联的较高的境界了。后来我到政府办公室写材料，写讲话稿，主任告诉我们要考虑到"此情此人此景"，和父亲琢磨对联有异曲同工之妙，只不过文化程度不高的父亲总结不出来罢了。记得我刚考上大学的那一年，内心喜欢的父亲在堂屋的屋壁写了几副对联，其中一副"堂小也能闻风舞，檐低更易见鹏飞"，一直被我牢牢记得。另有一副贴在八字门楼的长联，写得很好，在村里引起了轰动，内容却不记得了。很小的时候我就知道"云对雨，雪对风，晚照对晴空"，知道排比、对仗，乃至后来到政府办公室写材料，又走上文学道路，父亲的启蒙与影响是巨大的。

可是父亲的毛笔字却不算好。小时候的那一点童子功，被那长年累月的锄头、镰刀练坏了，基本属手写体，不过，在农村也算是好的了。父亲的另一个特点是胆子大，写什么东西，用铅笔先写出来，裁好红纸，叠好格子，拿起毛笔，一挥而就。不像我，要想好，比划好以后才动笔——我本身就是一个拘谨的人。

写毛笔字，笔墨纸砚不可缺。父亲有几杆毛笔，其中一杆毛笔很大——大毛笔写对联，小毛笔写帖子，都插在我和哥哥房子书桌的玻璃瓶里，平时不用，只等过年或人家办事请父亲写帖子或写对联时才用，起一层厚厚的灰。砚呢？自然是没有的，用一个跌缺了一角像豁了一个牙齿的碗。写时，把墨汁倒进碗里；写完，便把毛笔架在豁口上。谁说那不是父亲最好的砚呢？

一大早，父亲便摆开桌子，拿一把镰刀，端一张高凳，开始写对联了。有的邻居几天前就拿红纸过来了，说要几副几副，父亲一一记下。不断有左邻右舍送红纸来，父亲一一问清，要几副对联，大门、小门，还是神台？父亲边裁纸边说，这几副适合你，去年你家里娶了媳妇，添了孙崽，发了大财，"去岁已乘千里马，今年更上一层楼"，这副对联有什么含义，如何如何，来人频频点头，然后一挥而就。来人说："辛苦！辛苦！"父亲含笑，微微点头说："快回去贴起，办年夜饭。"

开始有人打鞭炮了。父亲还在写。

鞭炮打得愈发密了，父亲还在写。

鞭炮已经响得像打仗了，父亲还在不慌不忙地写。

母亲便有些怨，催道："快写！快写！写完好办年夜饭。年年都是这样，吃年夜饭总在别人后面（吾乡习俗，吃年夜饭宜早，意为一年到头，凡事都在人后，吃年夜饭不可在人后，图吉利）。"

父亲头也不抬道："吃夜（饭）吃夜（饭），夜一点不要紧，不急不急。"

终于写完了，我和哥哥舀起稀饭，拿块洗碗布，搬起楼梯，去贴对联。

鲜红的对联贴在门框，让人心中无比的喜庆。

父亲开始做年夜饭。

年夜饭很简单，其实都是在拿猪出气——米粉肉、海带炖排骨、炒猪舌头、炒猪腰花……没有一样是离得开猪的。我向来以为，要了解农村的经济史，看一户人家过得好不好，要看猪肉过年过节唱不唱主角。这两年，鸡、鸭、鱼、牛肉、羊肉已经上了农村的桌子，这说明农村的日子是越过越有滋味了。

吃了年夜饭，父亲要把柴火烧得旺旺的，一家人围在火炉头烤火，守岁。火炉头上烧了一锅水。父亲爱喝那种烧得半开不开的滚水，"呼呼"地吹一下，喝一口，讲几句；再"呼呼"地吹一下，喝一口，讲几句。其实父亲更爱喝茶，可是那时候没有茶，只有喝一碗又一碗滚水。父亲爱抽烟，经常抽那种自制的用报纸卷起的喇叭筒。后来有了好烟，父亲常说那烟太假，抵不上喇叭筒来劲。

父亲的脸在炉火的照耀下忽明忽暗，父亲的讲话像火炉的烟一样时断时续。父亲常常说，去年一年，我们家做了哪些事，母亲、姐姐放牛、喂猪、种田，功劳很大，卖了一条牛崽，卖了一头猪，又杀了一头年猪，在家很辛苦。自己给别人砌房子，赚了多少钱。我和哥哥俩兄弟读书有长进，如何如何。明年我们家还要做哪些事，母亲、姐姐要做哪些事，自己还有哪些房子要砌，我们兄弟俩要更加加油读书之类的。火塘的火越烧越旺，我们的心也越点越旺，不知不觉，到了鸡叫。

母亲会说："天不早了，歇着去吧。"

我们便歇去了。

隔壁的生仁叔叔家最有意思。每年的大年夜，他会给五个儿子发压岁钱，然后几爷崽一起，打"炸"，刮"登九"。当老子的把钱发出来，又把钱收回去。村里人都说，这个老子当得好。后来他们几个儿子，是我们村最早到广东打工的一批年轻人。其中，老大在广东抢劫判了刑，其他的几个兄弟在广东也是呼风唤雨，这是后话。

拜 年

正月里，去拜年。

拜年讨个挂挂钱。

民谚："走亲走亲，越走越亲。"拜年好像在亲朋好友之间扯起的那根线，再远的亲戚再远的朋友，不管平时有什么磕磕碰碰，但正月里还是要相互走动一下，吃吃饭，喝喝酒，叙叙情，表示大家还认这门亲，还有这份情。两家吵了架，有了隔阂，大人不方便，拉不下这个脸，打发小孩去。如果年都不拜了，说明这根线就从此断了，这份情再也没有了，两家婚丧嫁娶、生老病死再没有关系。有的今年不拜了，隔了几年再拜，饭是有吃，酒是有喝，话语还是那么亲热，但感觉总有些隔，就像一根被扯断的线，重新接起，再光滑，总有一点小疙瘩。

各地都拜年，拜法各有不同。有的地方兴年前拜年，有的地方兴年后拜年。梧州瑶族人兴年后拜年，并且基本上是初二才开始拜年。大年初二，要回娘家、舅舅家，所谓"娘亲舅大"，然后依次拜过去。至于为什么要等初二才开始拜年，我问过父亲。父亲说，立春之后是新春，过年之后是新年，拜年拜年，自然是拜新年，当然要等过年后才拜。后来参加工作才知道，很多地方都兴年前拜年的，拜早年更能表达尊重。特别是人到中年，在职场碰了一鼻子灰后才彻悟，在中国这个人情社会里，拜年实在是一个人职场生命中的头等大事。要多拜年，拜早年，早拜年，这与晚清官场达人李鸿章教导的"多磕头少说话"有异曲同工之妙。拜年都比别人晚，提拔岂能不晚？更何况自己天性疏懒，不屑拜年之道，职场焉有进步？反正自己是个散淡之人，慢就慢了，晚就晚了，不进步就不进步了，索性这辈子就这么闲散了去，也好。

拜年讲规矩，一般是晚辈给长辈拜，平辈之间互相拜。拜年要讲吉利话。不是亲朋好友，路上遇见了，互相道声"新年好""恭喜发财""高升"之类的，就算拜过了。村东头的王麻子喜欢作孽事。有一年大年初二，碰到村西头的刘聋子，想拿刘聋子开玩笑，说："刘聋子，你老婆偷人。"那刘聋子听不见，以为王麻子说的是恭喜发财之类的，大声答道："大家都一样！大家都一样！"大家笑得在地上打滚！以后再也不敢拿刘聋子开玩笑了。若是亲朋好友拜年，多少要讲点礼性，带点东西，一块腊肉，几升米，几个糍粑。若是长辈，还要带几个蛋，用粽叶包好，全部放进一个篮子，用帕子盖好。这腊肉、糍粑，你送我，我送你，在亲朋好友之间转了一大圈，最后又回到自己家里，就像会走路一样。现在经济发达了，有买烟买酒买牛奶的。有的为省事，直接打红包，送钱，多好！

一大早，路上就挤满了拜年的人了。那时候主要是走路、骑单车，现在大部分是骑摩托。也有先富起来的，已经开了锃亮的小汽车了，前面坐一大家子，后面塞一车厢子，"笛笛笛"的，好有面子。也有的用箩筐挑了两个小子，左边一个，右边一个，后面跟个婆姨，一家子热热闹闹。差不多到主家了，先打一挂鞭炮，报告主人。穿着一身新衣服的小孩叫公鸡般走在前面，满面笑容的大人提着礼物跟在后面。满面春风的主人迎出来，把人和礼物一块接进去。

火炉的火旺起来，热气腾腾的茶端上来，五颜六色的糖果端上来，香喷喷的瓜果端上来。话有一句没一句地扯着，像那茶里袅袅升起的热气，让心温暖。

亲戚是自己的镜子，总能照到岁月的无情。去年喝奶的，今年已经走路了；去年走路的，今年会打酱油了；去年打酱油的，今年去读书了；去年读书的，今年读大学或打工去了；去年读大学或打工的，今年结婚了；去年结婚的，今年生儿子了。青涩的，有毛了；有毛的，成熟了；成熟的，变老了；变老的，有皱纹了；

有皱纹的，更多了。岁岁年年花相似，年年岁岁人不同。年轻时总希望长大，只有大人，心慌一个老。

菜一个一个的上，酒一杯一杯的喝。一切都是米酒化的。啤酒，"嘭"，干一杯；米酒，"嘭"，干一杯；白酒，"嘭"，干一杯。脸喝红，眼喝亮，心喝暖。酒喝不完，亲情喝不断。酒过三巡，好客的主人还要客人喊几拳，"响几下"，意为告诉左邻右舍，家里来了贵客。主宾之间，"五魁手""八匹马""九长春"地一通喊过去，嘴巴便开始打结，总觉得那地板有点不大平。主人早就准备了干干净净的客房，醉了，睡了就是。醒来，继续喝酒。

那边，殷勤的女主人要给小屁眼一点挂挂钱。只要没有参加工作的，都要打。胆子大的，会一把拿了过来，道一声谢。害羞的，左手挡着说"不要不要"，右手却扯起口袋，女主人趁势就把挂挂钱放了进去。

乡谚："梧州奶崽捞挂挂钱——一边讲不要不要一边扯口袋。"

挂挂钱回去要交公，给母亲，交学费。

哪一年你真的不要，真的不一边说不要不要，一边赶紧扯口袋了，说明你真的已经长大了，可以自己挣钱了。

酒足饭饱，客人要走，主人要留，留不住，便道："也好，也好，搭早走。"打一挂鞭炮，送客。

客人走了好远，主人送出好远，终于留步。

手挥得发酸。

唱　戏

正月里，去看戏。

那时候，正月里总是很热闹，天天人来人往，客来客往。不像现在，"元宵节"还没有出，初三走几个，初四走一批，呼啦啦地，鸟一样，全飞到广东去了。剩下的，都是老弱病残，俗称"三八六一"部队，村子寂静得吓人。

唱戏离不开戏台。那时候，每个村基本都有一个大礼堂，礼堂前有一个大戏台，专为放电影、唱戏、开大会用。我们村的礼堂建于上世纪八十年代，石头打底，红砖砌墙——我的哥哥、姐姐都亲自去挑过石头挑过沙子，甚为结实，现在都还在用，不过不唱戏，不放电影，不开会了。一年到头，红白喜事用几回。

那时候，我们农村正月里都是要唱戏的。方圆唱戏的村子，牛角湾、梁木桥、大路铺、大斗都很出名。

唱戏，唱戏，唱什么戏？记得是两种。一种是调子，类似于祁阳小调，一种是正儿八经的大戏。戏班子年前都请好了，一般是外地的。我们村不用请，自己有，请了广西巩唐的一个女老师傅教的。教了整整三年，演员都是本村的。我家叔伯姐姐彩娥，人长得俊，常扮小旦；之文表哥，人长得帅，常扮小生；明达叔长得牛高马大，威风凛凛，扮武生；友余四哥滑稽可爱，演小丑。这些都是剧团的"名角"。友钦大哥，之武舅舅，克文哥哥，人长得没特点，但有特长，在剧团拉二胡、打鼓。我自己的亲姐姐子娥，人长得不大好看，也有用，就是演兵勇。大将出台，当兵勇的先要出来开道，"吼"一声大喊，跑出来，两厢摆开，也很威风。

演员平时都是白天做事，晚上排练。小时没事，我经常去看，哪个演员讲什么唱什么，有什么动作，谁先出场，谁后出场，都记得一清二楚、滚瓜烂熟。记得初中时一次放牛，我们几个小伙伴就排演过一次《红泥关》（《说唐》中瓦岗寨王伯当射杀新文礼，新文礼妻子为夫报仇，抓住王伯当，看到王伯当风流英俊，舍不得杀，反将王伯当招亲一段），过了一回名角瘾。

唱戏那几天，家里客就多。远的自不必说，近的也会住上几天，父亲母亲的脸上总是笑呵呵的。吃嘛，炒几碗腊肉，打一碗蛋花，煎几块豆腐，炒几个小菜，挖一碗酸菜就成。父亲喜欢做一个醋芫荽。把地里的芫荽扯回来，洗干净了，切都不用切，连蔸一起直接放进碗里，放一把剁碎的酸辣椒，拍几片生姜、蒜子，放盐，再倒白醋，筷子拌几拌，立马可吃，既开胃又送酒。酒嘛，母亲过年前就做了两三缸。瑶家人有句俗语，叫"惯酒不惯菜"，酒杯一端，一切放宽。两杯米酒下肚，从盘古讲到"扁古"。住呢，家里开满铺，一铺床睡三四个人，有时父亲也要挤到我和哥哥的床上，三爷仔一起睡，暖和。

"咚咚咚……"唱戏的小鼓已经敲了很久，父亲还在喝。客人说："马上要唱了，不喝了。"父亲说："这是响锣，还早，再喝两杯。"于是又喝了两杯。

客人说："马上开始了，莫喝了。"父亲说："响锣还没敲好久，还早，再喝两杯。"于是再喝两杯。

"要开始了！"我嚷嚷道："再不去就来不赢了！"父亲摸摸我的狗脑瓜，说："哪年不唱戏呢？不急不急，再喝两杯。"喝完，把杯子一丢，看戏去。

礼堂里早就人山人海。我领着父亲和客人，父亲端着炭盆，挤过人流，找到我们的凳子——凳子我一大早就摆好了，守了一整天了。

整个礼堂就像一个大辣椒酿，被人这种馅子挤得满咚咚，连窗台和礼堂外面的空地都挤满了人，热闹极了。一个村子唱戏，周围十几里甚至几十里外的人都会来看戏，挤不进去，那就在外面的空地上捡个马郎古（石头）坐坐，逛一下也是好的，表示自己来过了，回去吹牛也是一种资本。那卖甘蔗、卖葵瓜子和炒花生的，卖灯盏粑粑和油炸粑粑的，也会推着他们的担子，到那儿去卖。瓜子、花生都是一角钱一碟，油炸粑粑五分钱一个，甘蔗两角钱一截，来一碟瓜子或花生放在衣兜里，边看戏边嗑瓜子或剥花生实在是人间最大的享受，换了当皇帝也未必愿意去。

村里的老人说，当皇帝，不就是多嗑几碟瓜子，没有什么了不起。

台上灯火辉煌，照着那些化了妆的演员就像画出来的一样。戏基本上就是那几出，什么《三打陶三春》《杨六郎斩子》《平贵回窑》《薛刚打擂》《五女拜寿》之类的。我们倒是巴不得天天演、场场演《红泥关》《薛刚打擂》，看那插野鸡毛的武生舞枪弄棒，好不过瘾。偏偏又经常演那些酸溜溜的《春草闯堂》《绣楼镇塔》《桃花装疯》之类的，一会儿小姐挪着莲步上来了，一会儿又是老生咿咿呀呀地唱，好不烦人。有胆大的小孩，蹿到台前，点起个鞭炮就往那台上摔，"啪"一声响，吓得那小姐、老生一惊一乍，那管事的跑出来几声怒骂，那小兔崽子早已蹿得不见了踪影。

台下就像一大锅烧开的粥，热极了，吵极了，闹极了。有喊小孩找板凳的，亲戚之间打招呼的，姊妹们好久不见闲聊的，此起彼伏。前面那十几排，大约还听得台上唱了些什么，后面那些，根本就别想听清一个字，只看到嘴巴动，手脚舞。实际上这根本就没关系。所谓"唱戏"，那是台上，台下就是"看戏"，看一下女旦俊不俊，小生好看不好看，花脸威风不威风，丑角可笑不可笑，丫鬟伶俐不伶俐就可以了。唱什么演什么，谁去管呢。真正想看一下的，也就是父亲这类多少读了点古书的人。每次演员出台，周围的人都会问，这个人是谁？是好的还是坏的？若是好的，父亲便说是好的，然后又说，这出戏，是讲穷书生赶考、瓦岗寨反唐之类，丫鬟、小姐是好的，小媳妇是好的，岳母娘是好的，书生是好的，宰相是好的……；岳父老子是坏的，表哥是坏的，大儿媳妇是坏的，嫌贫爱富、为富不仁、官逼民反之类。听得周围的人"哦哦哦"，看父亲的眼神便有了一些"敬"。父亲似乎很喜欢担当解说员这种角色，比别人多读的那一点书这个时候总算派上了用场。也有那儿子、儿媳对公公不孝、对婆婆不好的，便勾起这些婆婆姥姥的无限心事。各人数起各家媳妇的长短，这个叹气，说"唉！这个事本来不该讲，讲又难听，不讲又闷在肚里。上一回，某个事，儿媳如何如何；又上一回，某个事，儿媳如何如何；又前几天，某个事，如何如何，唉唉唉"，直抹泪。那个说"你快莫讲，我家的那一个，去年如何如何；上一回，如何如何；前几天，又如何如何，唉唉唉"，直叹气。到底有多少个前几天，到底有多少个前几回，到底有多少个家长里短，竟似这些婆婆姥姥的长头发般，永远也扯不清理不完。

礼堂的后面是后生、妹崽的天下。后生们三个一丛，妹崽们五个一簇，不时地小声嘀咕着，互相搭讪着，他们不是来看戏的，是来看人的。若是对上了眼，他们便会直奔田峒、山岭而去，唱嘞嘞嘿（山歌）去了。

他们的戏在田峒，在山岭，在生活。

他们演出的戏，更精彩。

耍　龙

正月里，去耍龙。

那个时候，正月里，我们总是要耍龙热闹一下的。记得每个村至少都有一条龙，村子大的，有好几条。我们村有 5 条，5 个生产队，每个队一条。那时候的"龙"，不是神仙，不住在天上，也不住在海里，他就住在我们村里，他是我们大家的亲戚。现在的龙是神仙，平时深居简出，只有官方举行重大活动或红白喜事时才出现，离我们好远。

晚稻打完以后，已经晚秋，那是一段长长的农闲。地里的红薯挖了，山上的油茶摘了，柴火也砍回来了，人闲着没事，天气却好，白天太阳暖烘烘，晚上星星亮晶晶，正好练耍龙。

"咚咚咚锵，咚咚咚锵，咚咚咚锵锵，锵锵锵锵……"吃罢晚饭，后生们便去练耍龙了，收割后的田峒一马平川，深秋的月光月白如霜，再点几盏松明做的灯火，很有些沙场秋点兵的味道。耍龙的都是各个村组最出挑的后生，但对龙头、龙尾的要求就更高一些。龙头要求摔得高，中间的几杆才带得动，舞得圆。高大威猛的承保哥、明达叔都是多年的老龙头。龙尾要求甩得好，既要照应好龙头、龙身，顺势翻腾跳跃，又要做出许多滑稽古怪的动作，逗观众笑。矮小机灵的邓思坤叔叔是多年的老龙尾，他的两个儿子红富、红贵也是好龙尾。

"养兵千日，用兵一时。"大年三十的晚上，耍龙就要在村里搞汇报演出了。吃过年夜饭，大家便拿着火笼，端着炭盆，背着凳子，到礼堂看耍龙去了。礼堂的高处挂了一张大汽灯，照得像白天一样亮。礼堂的四周烧了几堆火，供人烤，中间围出一个圆形的大场子。"咚咚咚锵，咚咚咚锵，咚咚咚锵，锵锵锵锵……"几通响锣过后，那龙便摇摇晃晃地登场了。龙像我们人一样讲礼貌，先要给东边的人拜个年，再给西边的人拜个年，再给南边的人拜个年，最后给北边的人拜个年，然后逐路耍起来。其实耍龙那些技巧大家都不懂，无非就是看个热闹，看龙头摔得高不高，龙身舞得圆不圆，龙尾甩得跳不跳。"龙头怎么摆，龙尾怎么甩。"后来参加工作写那些让人面目可憎、味同嚼蜡的材料的时候常用这么一句话，看来还是很有道理的。

耍龙的最高潮叫"满堂红"，就是把整条龙舞圆，龙头带着龙身、龙尾，一步一步地边舞边挪，耍一个圈圈。好的龙头能耍两个满堂红，队形都还不乱，观众会大喊"好！好！搞得好！"还有后生吹起一阵又一阵"吁吁吁"的"马子哨"喝彩。若是一个"满堂红"都耍不完，龙头泄了，龙身瘫了，龙尾乱了，台下便会喊道："数卵毛！数卵毛！"也会吹"吁吁吁"叫的"马子哨"，喝倒彩。

5条龙依次耍完，接着玩耍狮子。"咚咚咚锵，咚咚咚锵，咚咚咚锵，锵锵锵锵……"一个手拿一把折扇的滑稽可爱的"大头脑"出来了，接着跳出一个憨态可掬、五彩斑斓的大狮子。那"大头脑"走起路来左摇右摆，走一会儿折回来逗一下那狮子。那狮子却是一下伸一下头，一下缩一下尾，一下打个滚伏在那里一动不动，要等那"大头脑"折回用扇子把它敲醒，逗它伸几下头缩几下尾滚几下以后，伏一下才又摇摇晃晃地往前走。就这么逗啊摇啊滚啊伏啊地。场子的中间早就摆了一张高桌子，两只猴子几个跟斗翻了进来。那猴儿真是泼，一会儿钻到桌子底下，一会儿跳到桌面上翻跟斗，一会儿又在那桌子边猜拳，煞是泼得可爱。那摇摇晃晃的"大头脑"引着憨态可掬的狮子也到了桌子边，只见那狮子"呼"地一下，跃上桌子，在那猴子和大头脑的保护下，在那桌子上做出侧立、翻滚等多种高难度的动作，台下观众连连叫"好"，直到四下里吹起"吁吁吁"叫的"马子哨"，那才真正叫好呢！

耍完狮子后，往往还有一个"打根"，其实就是表演几套拳术、棍术之类的，并不精彩。

大年初一，龙要到家家户户去拜年。在大门口左拜一下右拜一下，然后到堂屋神台左拜一下右拜一下。再左转一个圈，右转一个圈，东拜一下，西拜一下，南拜一下，北拜一下。主家会端出馃子、瓜子，筛好茶，请后生们坐一下，喝杯茶，吃点馃子，嗑点瓜子，讲几句彩话。若有那新嫁了女，新结婚的，要打个小红包，叫"打新郎公（新媳妇娘）"；新砌了房的，也要打个小红包，叫"打新屋"。红包随大随小，只为讨个吉利。

大年初二，龙就要走村串寨，到别的地方耍龙去了。一个村子有几条龙，但出去只能一条，体现一致对外的意思。那耍龙的后生，身穿青布衫，脚穿白跑鞋，个个都精神。过一个村子，若想进去，便在进村时敲锣打鼓。村里管事的便会去抢那龙头，一个要留，一个装着要走，争抢几下，便顺势跟着主人，进村去了。若不想进去，便偃旗息鼓，这个村里管事的便不去理会，任那龙悄悄走过。有时候，一天我们村会接到七八条龙。

小时候最让我惊奇的是，那龙和人一样也是极讲礼貌的，两条龙在路上相遇，两边都要敲锣打鼓，打上一挂鞭炮，拜上两拜，才分头而去。

龙到村里后，首先要安排吃住。那管事的，便这个组安排几个，说："今天，有几个后生在你这吃住，要安排好。"那个组安排几个，说："今天，有几个后生在你这吃住，要安排好。"主人没有一个不是满口答应的（有客住在自己家里是很有脸面的事）。农村人对吃住并不讲究，但炒几碗腊菜必不可少，再煎几片豆腐，炒一碗黄豆或花生米便是极好的下酒菜。若再打一大碗蛋花，便是极讲礼貌、极体面的了。

龙进村后，便到各家各户去拜年。一路上敲敲打打。

吃罢晚饭，全村人都要到礼堂去看耍龙去了，每个晚上总有两三场，多的七八场。看耍龙，看的是哪个村的龙头摔得高，哪个村的龙尾甩得跳，哪村的后生长得好，哪村的"满堂红"耍得出彩。如果前面那条龙耍"满堂红"耍了一圈，第 2 条龙就想耍一圈半，第 3 条龙就想耍两圈，总要把对方压倒，赢得满堂喝彩，直到四下里都响起"马子哨"才好。也有那管事的，看看那龙头摔得越来越慢，实在耍不下去了，便会走进场子，抢着龙头道："辛苦了！辛苦了！蛮好了！"那龙头便抖擞精神，再奋力摔几下，便趁势收住。也有那不懂礼的，偏偏不去劝那龙头，那龙头耍得实在气不过，发一声喊，拉起龙头便走。两个村自此结下梁子。"大年初一""二月二""六月六"，这些重大节日唱歌或赶闹子，两个村的后生难免会打上几架。

耍完龙，耍完狮，主家还要请后生们吃夜宵，一般是煮一些面条，放几个鸡蛋。

便有那妹崽，你推我搡地过来，说："老表，老表，唱个山歌。"那些后生，本来喉咙就痒，却装着说："不晓得唱呢"。那妹崽就说："谁不是学呢！"

起首唱道："劝哥唱呦／劝哥唱歌是好事／劝哥唱歌是好事呦／不去外面去赌钱。"

那些后生也不是呆鹅，马上接道："不会唱呦／手拿木叶不会吹／吹烂木叶不会补／唱坏歌头不会陪。"

那妹崽接着唱道："你有歌来只管唱呦／壶瓶有酒只管筛／有情有义杯杯满呦／无情无义半杯筛。"

那后生接道："不会唱呦／壶瓶有酒不会筛／爹娘生来哥愚蠢呦／妹唱好歌不会陪。"

…………

一来二去，鸡叫也不管，天亮也是不晓得，竟是一个通宵。

第二天，那耍龙的后生，便在那妹崽依依不舍的目光中慢慢地挥手去了。

那时候耍龙耍得真久，从大年初二一直耍到正月尾。有的要耍到广西的八步、富阳、梧州一带，回来时，不仅龙回来了，还带回个鲜活漂亮的小妹崽。

吃正月，耍二月，一晃到了三四月。年就像一部轰轰响着的火车，愈开愈远了。年年岁岁花相似，岁岁年年人不同。若要问你我，去年与今年，今年与明年有什么不同？觉得似乎一样，似乎又没有什么不一样。无非就是老人又老了一岁，中年的又壮了一岁，小孩又大了一岁。

可终究觉得还是不一样了。因为这点不一样，所以，才叫"新年"，才盼过年吧。

那点"新"，叫盼头。

那点"新"，叫希望。

那点"新"，叫变化。

多少年就这么过来了。

多少代就这么走了。

怀念一种淡淡的茶香

一向不爱喝茶，但也喝过不少茶，其中有贵有贱有草根有名牌，却一直只停留在喝的阶段——喝过，就忘了。只有一种茶，常常在夜深人静、四围俱寂的时候，浮现在我的脑海，散发着淡淡的茶香。

说是茶，其实严格说起来不是茶。那是 20 世纪 80 年代江华县水口镇泮水村一带用茶叶籽泡的一种茶。不知道该叫什么名字，在我的心里把它叫做果茶(用茶叶果泡的茶)。

"茶者，南方之嘉木也。"(陆羽《茶经》)茶一般产于崇山峻岭，故乡在江华的岭西，已经算是平地，不产茶。对于普通人家来说，茶也是一种稀罕物，过年才买一点待客。平时口干了，两瓢井水下去，肚子灌得"咣咣响"，就解决问题了。上山砍柴，下田干活，口渴了，捧起溪水就喝，也没听说谁喝出啥毛病，人倒长得皮实皮实的。现在条件好了，又是泡好茶又是喝好酒又是吃好菜，倒反弄出一身坏毛病。可见，人生来就是一种贱东西，经不得富贵的。

初二的那年暑假，小嫂外家来了一个侄女，叫玲子，帮他们搞"双抢"。玲子比我小两三岁，人长得秀气，一双会说话的大眼睛扑闪扑闪的，一条黑油发亮的大辫子一跳一跳的，手脚非常麻利，嘴巴也甜，很逗人喜欢。她给我们家带来了一包茶叶。每天一大早父亲烧一锅开水，然后放一点茶叶，泡好，吹凉，带一壶到田里去。踩打谷机，口干了，"咕咕"地喝上两盅，既解渴又添力气。那年的"双抢"天气非常燥热，但我的心里一直觉得好凉好凉。

那年暑假，我牢牢记住了小嫂外家的名字——泮水。心里有了一个小小的向往，一定要考上江华一中——泮水就是江华一中附近的一个小村。

一年后，我和哥哥双双考上了江华一中。

一下子要送两个儿子读高中，父亲真是愁白了头。为了缓解经济困难，父亲决定要我们先到小嫂的外家泮水跑一个学期的通学。

泮水的名字起得真好——那真是一个依山傍水的小村。村后一座山，村前一条绕村而过的小河，一条公路随河蜿蜒直通小圩、水口、码市和广东。泮水的清晨总是朦胧的，永远笼着轻烟似的雾。太阳一般要到九点才出来，慢慢地雾散云收。泮水的气候如同一个温良的女人，夏天不热，晚上要盖被子；冬天不冷，不用穿棉衣。有一种世外桃源般的宁静。

小嫂的父亲、母亲——按礼该叫亲家爷、亲家娘，但我们习惯称伯伯、伯娘，他们没有嫌我们这门穷亲戚，待我们真心好。

在泮水的半年，是我长这么大第一次离家走进一个与我们岭西的农耕经济不同的世界。我用小小的眼观察到与我们不同的生活方式，但同样沉重、艰辛。

泮水山多田少。20 世纪 80 年代，江华县委、县政府等机关大院及江华一中还未迁出水口，经济主要以种小菜为主。相比以种田为主的岭西，经济要稍微活络。可种小菜也自有外人所不知道的艰辛与烦恼。卖菜自然要挑好的、嫩的卖，老的、黄的、烂的只有留着自己吃。没卖掉的呢，更是只有自己吃了。民谚"卖菜人家吃黄叶"，说的正是这种人生的苦涩。最难的是，种菜一天都不得闲。每天天不亮就要起床，挑水、除草、施肥、浇粪，把小菜摘下来。小菜要及时摘——这小菜就像现在的那些明星，老得比谁都快，几天不炒作，就谁也记不起了，再也卖不出什么

◎水口老街——江华人的永恒记忆。（林风摄）

好价钱。菜叠好后，还要挑到几公里外的水口街上去卖。卖完了，又要到地上去翻地、锄草、施肥，没完没了。最难堪的是还要到街上淘粪。那时没什么"生态菜""放心菜"的概念，只知道心疼化肥钱，想方设法多弄点有机肥，空了就到镇上的机关、学校去淘粪。公厕就那么几个，淘的人却多，只有东家淘几箪，西家淘几瓢，淘满一担后，在路人都捏鼻的轻蔑与漠视中默默地把粪挑回去，然后一箪一箪地浇到地里。可那时种出的菜就是菜，香！现在的菜，辣椒不辣，苦瓜不苦，韭菜不香，越是所谓的"放心菜"越不放心，越是"无公害"的菜反倒最公害，吃什么都不是那味道。也许我们的思想总是超越时代，可我们的味蕾还是停留在过去的那个时代吧。

还是回到茶叶。与我们岭西的习惯不同，泮水是喝茶的，据我后来的观察，中国所有山区的居民都爱喝茶。据我一位爱旅行的朋友解释，山区的泉水含矿物质较多，必须靠喝茶化解，否则易患胆结石、肾结石之类的毛病。泮水依山，照理出产茶叶，然而大大出乎我意料的是，并没有多少茶树。茶叶，对于他们来说，也是很珍贵的。茶叶摘下来后，都是自己炒，大部分是卖了，留一些过年过节待客，平时他们喝的都是茶叶树结出的籽泡的茶。到那儿不久，我就注意到，他们——包括玲子家的堂屋的壁柜里都有一个陶缸，早上烧一锅开水，缸里放一些茶叶籽，泡下去。干活累了，回到家，就喝这种茶。茶味自然不浓，有一份微微的涩，有一份微微的苦，有一份微微的淡香。"咕咚咕咚"地来上几杯，也还解渴——这或许是"卖菜人家吃黄叶"的别样诠释吧！

后来考上大学，又参加工作，20多年了，只是在大二的那一年回过泮水。20多年是较为漫长的一段时光，每个人都在自己的人生轨迹里发生或多或少的变化。我自己的变化不大，在一个小城里碌碌无为，徒然从黑发少年转为黑少白多的中年。对于泮水来说，变化是沧海桑田——先是县城迁到沱江，最后是江华一中

◎已经沉睡在水底下的水口老车站。（林风摄）

也搬走。这对泮水的影响是巨大的，无可奈何地走向萧条，从菜农经济转到打工经济。如今又面临着涔天河水库的扩建，泮水属水淹区，也在移民之列。他们已经搬迁到小圩，仍时常挂念着生活过的那一方水土和人们，想起那用茶叶籽泡的茶，想起那微涩微苦微淡的茶香，告诉自己要坦然面对那"卖菜人吃黄叶"的微涩微苦的真实人生。

水里的鱼儿

海里的鱼儿真可怜／稻米有人种／牛养在牧场里／鲤鱼在池塘有麦麸吃／可是海里的鱼儿呢／什么照顾都得不到／一件坏事都没做／就这样要被我吃掉／鱼儿真是太可怜了。

——〔日〕金子美玲

海里的鱼儿真可怜。
水里的鱼儿呢？
它们曾经是我们的邻居。
它们曾经带给我们无穷的快乐，
它们曾经安慰我们饿瘪的肚子，
它们正在被我们毁灭，
它们逐渐消失在我们的记忆里。

泥　鳅

泥鳅是水族里捉迷藏的专家。

泥鳅天生就长得有些滑头滑脑，让人感觉狡黠、可喜，有点像讲相声的冯巩。不知什么缘故，每次看到泥鳅，我便会想起冯巩；或者说，每次看到冯巩，我便会想到泥鳅，不过是泥鳅长得短一点，冯巩长得更高更瘦一点罢了。泥鳅的背脊青中带黑，如穿了一件黑色的西服，肚皮却白，如穿了一件白色的小衬衣。泥鳅脑袋尖尖的，嘴巴小小的，两边长着两撇调皮的小胡须——就像一个小冯巩。泥鳅的警惕性高，明明是眯着小眼翻着肚皮晒太阳，有什么风吹草动，便倏地一下钻进泥巴，只留下一团浑水给你看。农村里骂那些说话圆滑、做事诡异、行迹高深莫测的人"滑得像泥鳅"，真是有几分道理。

　　惊蛰是季节的利刺，把冬眠的万物从梦里惊醒。一阵惊雷，几场春雨，山青了，水润了，河沟丰满了，泥鳅便开始上水。它们永远跟着水的步伐，如醉的春风让它们的眼睛迷离，如梦的春雨让它们的身体欢欣，田里、沟里、河里、塘里，凡是有水的地方都要去占领。它们在水里休闲、游泳、睡觉，生存、恋爱、繁殖。一整个春天，一整个夏天，一整个秋天，水里到处都是它们快乐生活搅起的小浪花。冬天，天冷了，水干了，它们蜷着小小的身体躲进棉絮般温暖的烂泥巴里，舒舒服服地冬眠，等待来年惊蛰之后的第一声春雷把它们的残梦惊醒。

　　那时的泥鳅真多，就像我们的邻居，不过是住在水里。

　　捉泥鳅曾经是我们童年、少年时光的不倦游戏与经典记忆。

　　那时的我们没有钱、没有玩具，可是我们有泥鳅，这带给我们无穷的乐趣。捉泥鳅的工具原始，不用花钱，一个粪箕一个篼篓一个提桶就行。表弟莫虎是我最好的搭档。放学，上山砍柴，或扯猪草回来，我们背起粪箕，拿起篼篓和提桶就往外跑。表弟把粪箕放在沟里或田坝口，用手抓住，我跳到水里用脚一路"嘭嘭嘭"地赶下来，一起粪箕，就有小鱼和泥鳅。小鱼倒进桶里，泥鳅抓进篼篓。我们还常常把一条沟从上游把水堵住，在下游用粪箕塞住，让水慢慢放干，然后一段一段地地摸，一段一段地翻，把走投无路的鱼和泥鳅捉到桶里。春末夏初，白天酷热，泥鳅喜欢晚上出来乘凉。我们点着松明，用一种特制的如梳子般的钢梳到田里砍泥鳅。看见泥鳅了，用火罩住，一刀下去，准有个着。后来我还学会了摸泥鳅，什么东西都不带，只带一个篾篓，沿着田埂、沟里一路摸去，摸到了，不用蛮劲，用掌窝和手指柔柔地笼住，用劲，泥鳅就会滑掉，抓出来，放进篾篓。村里有个姓黎的伯伯，是摸泥鳅的高手，他只要从一条田埂或一条沟里走一下就知道有没有泥鳅。每个中午他都顶着烈日去摸，每次都能摸个两三斤。他家后来砌了个五间大瓦房，就是摸泥鳅挣的。

那时的我们整天都在太阳底下晒，在外面野，晒得除了眼珠子是白的，其他都是黑的，个个都像小泥鳅。

"泥鳅送饭，鼎锅刮烂。"泥鳅是美味，我们却舍不得吃，攒起来，放到坛里养，等家里来客待客，或星期六、星期天拿了去赶集，换学费。

有一种用竹网赶泥鳅的方式，至今令我神往。常常是夏天的中午，人们都在门楼乘凉，牛在塘里滚澡，蝉在柳树上有一声没一声地唱，赶泥鳅的来了。他们肩上背着大大的竹网（一种口大尾小的捕鱼工具，用竹竿绷一个三角形的大口子，身子是慢慢由大变小的长长渔网，再用一根竹梁连接头尾，绷直），胸前挂起背篓，手里拿着两根落（lào）竿刷刷（一种赶鱼工具，呈三角形，用竹枝做成，底部串了一节节的大竹筒，在水里搅动能发出"刷刷刷"的响声，故称"落竿刷刷"），挺威风的。到塘里，他们下水，把竹网沿塘基摆好，先用落竿"刷刷刷"地在外侧划一个弧形，把泥鳅往塘边方向赶，然后，"刷刷刷"地把泥鳅往竹网方向赶，到网门，"刷、刷、刷"地封住，一起，少的两三条，多的十多条泥鳅就倒进了背篓。小时候我觉得用落竿刷刷赶泥鳅是天底下最好的差使，天天有泥鳅吃不说，听着在水里"刷刷刷"的响声就特别地美气。

官话人常讲梧州瑶族人"颈嗓丑"，说的不是嘴馋，而是说梧州瑶族人节多。春节自不用说，二月初二、三月三、四月八、五月端午、六月六、七月半、八月中秋等等，每个月都有一个。我想这和山里人交通偏僻，生活艰难大有关系，因为只有节日才可以有机会犒劳一下郁闷已久的肚子。过节总要搞点好吃的。那年月，十天半月不见荤腥，猪肉是天底下最好的美味。过节的头天晚上，父亲便带着我和哥哥用茶枯饼赶泥鳅。下午，父亲把一个茶枯饼用钩刀砍碎，装进提桶。晚上，哥哥背起锄头，我打着手电，父亲挑起鱼篙和茶枯就出发。我们先沿沟隔那么远放一只鱼篙，一只接一只。从上游把水塞住，只留一点水下。在隔断水的地方开始倒茶枯水。用瓢把水倒进提桶，搓一下茶枯，把茶枯水一泼，泥鳅、黄鳝闻到茶枯水就会游起来，刚好钻进鱼篙，进得来，出不去。每起一次，少的两三条，多的十多条。起一个鱼篙，往下游再放下去。一个晚上赶下来，总有三四斤之多。第二天，我们家里就有喷香的泥鳅过节了。

"昨天，我们家里砍了5斤猪肉，他们几爷崽，真是吃得，一下就吃完了。"过节的第二天，在大井洗衣服，婆姨们经常这么吹，有一种自得。母亲总是不卑不亢地说："前夜，我屋里那个'砍脑壳'带他们两兄弟去赶泥鳅，赶了半提桶，昨晚煮了3大海碗，几爷崽吃也吃不完。"

那时候我们不明白为什么每次过节，父亲便要带我们去赶鱼。后来才明白，我们家里穷，砍不起猪肉。

泥鳅是穷人的猪肉、农村孩子的学费，我们对它充满感激。

泥鳅的身影正逐渐地从水里消失，最具毁灭性的是20世纪90年代，世代都是用粪箕赶鱼用手摸鱼用茶枯闹鱼的农村忽然兴起一股用电打鱼风。每个村都有那么几户。他们背上背着充电器，一手拿着电鱼竿，一手拿着捞网，就像日本731部队的样子。731

部队所到之处中国人灭绝，电鱼竿所到之处鱼虾灭绝。

每次回农村，经过以前摸过泥鳅的塘里、田里、沟里，我都要习惯性地看一下，用手摸一下有没有泥鳅，可惜都没有。

泥鳅不见了。

父亲也已经不在。

黄 鳝

黄鳝是水里的狠角色。

这自然是与泥鳅相比。

与泥鳅比，黄鳝埋得更深。它们躲在深深的淤泥里，田埂、河沟边的烂泥或堤坝的空隙也是它们的乐于藏身之地。与浅薄的泥鳅有事没事总爱在水里翻腾闹出点小浪花相比，黄鳝显然更深沉，一般不显身，它们更乐于躲在深深的泥巴下面，如刑侦片里哪些躲在无数的事实与真相后面的可怕的凶手——它们永远躲在暗处，盯着你。

黄鳝的颜色黄中带黑，脑袋大而尖，呈圆锥形，有点像蛇，看到就有点让人发怵。

摸黄鳝历来是高手的游戏。摸黄鳝的高手肯定是摸泥鳅的高手，但摸泥鳅在行，摸黄鳝却未必在行，因为摸黄鳝要求更高。泥鳅是大众情人，可以让光屁股的小孩用粪箕、用"落竿刷刷"赶，也可以让高手摸。对于黄鳝这种狠角色来说，它们比泥鳅更快更滑更猛，那些简单的工具降不住它，只有高手才能降得住。摸泥鳅讲的是"柔"，要以"柔"制"滑"，摸到了，用掌窝和手指柔柔地笼住，否则就会滑掉。摸黄鳝讲的是"快、准、狠"，摸到了要快速、准确地用拇指和食指的指甲狠狠地掐住，否则就会溜掉——对于凶狠的对手，你必须以狠制狠。

事实上，黄鳝不仅长得像蛇，而且喜欢与蛇在一起，两者堪称表兄、表弟。蛇的家一般也紧挨着黄鳝的家。我想是因为他们都喜欢阴、凉、湿的地方，而且也都喜欢吃活的小动物。农村里每年都有摸黄鳝时被蛇咬伤，甚至丢了性命的。表哥家武有一个大拇指变形得像一颗三角形的豆瓣，那就是摸黄鳝时被蛇咬伤的杰作。记得高二的那年暑假，我冒着毒日去摸泥鳅，在一个田坝口，摸到一条黄鳝，刚要掐住，旁边忽然窜出一条毒蛇，吓得我三魂掉了七魂，拔腿跑上田埂狂奔。许久，才敢折回去拿掉在田里的篾篓。

自此吓破了胆，我再不敢摸黄鳝。

知道黄鳝可以钓是大学里的事。黄鳝嗜腥性贪，咬到蚯蚓等活物就会死命不放。母校中南民族学院的旁边是南湖，为中南政法学院、华中农业大学等大学簇拥。母校与政法学院之间是一片田野，一条小河日夜不息地汩汩注入南湖。小河的下游筑了一个坝。一个阳光明媚的上午，我在小河边的草地上看书，有个戴着草帽的中年男子在钓黄鳝。只见他把一根长柄钢条丝钩装上蚯蚓后在岩穴间缓缓地上下移动，感到咬钩了，猛地一扯，就有一条黄鳝的身影在空中划过，犹如一根优美的皮鞭。看着，有些让人不可思议。

盘龙鳝鱼为吾乡乡间名菜。炒盘龙鳝鱼，以小指大小为佳。大了，难得炸好；小了，没啥嚼头。先将黄鳝洗净，倒素油（茶油最好）进锅烧至通红，把黄鳝迅速倒进，盖住锅盖——只要你不怕活蹦乱跳的黄鳝将油把你娇嫩的皮肤溅伤。然后将黄鳝不断翻炒，黄鳝会缩成一圈一圈的（所谓"盘龙鳝鱼"是也），煎微焦黄后放入盐、生姜，再略爆一下，放入酸辣椒、蒜荽——有野藠头最好，倒米酒焖五分钟左右。打开，香飘十里。

有朋自远方来，喝小米酒，佐盘龙鳝鱼，不亦乐乎？

丝公泡

小时候，我吃过好多，可是我却从来不知道它真正的名字。

我们乡下的人叫它丝公泡。

丝公泡是我们农村乡间最常见的一种鱼，比泥鳅、黄鳝多，比鲫鱼、鲤鱼、草鱼都多。小时候，无论是沟渠或者是田坝口，只要有水的地方，放干或戽干，就会有鱼在水草或岩石的空隙里"啪啪啪"地响，那准是丝公泡。

丝公泡是拖鼻涕的邻家小妹，长大了，却有着惊人的美丽。丝公泡小时个子小小的，褐红色的鳞细而密，拖着几缕稀疏的红尾巴像红毛小丫头。长大了的丝公泡可以长到两个指头宽，它的身材变得窈窕；它的鳞片变得五彩斑斓，如无数个缀在一起的小星星；它的尾巴变得修长而鲜艳，有一种夺人魂魄的美。

丝公泡是水里的花，柔柔地开在水草与岩石的缝隙间。

村子南面有一条河，叫斑河，是潇水无数支流中的一支。斑河旁边有一块地势低洼的阴水田，田里有无数的泉眼汩汩地冒泉水。这样的田不长水稻，却极长水草与丝公泡。星期天或放暑假，我常常和表弟莫虎背起粪箕，带起提桶去那里赶丝公泡，每次都让我们满载而归。

小的丝公泡自然是和其他鱼一样，要被我们吃掉，满足我们那无所不吃的饥饿的胃。大的呢，我们常把一个玻璃瓶洗干净，放几根水草和丝公泡一块养起来。每天早晚换水两次，可以养五六天。一个简陋、朴素的房子，因养了几条丝公泡，便有了一些不俗的美。

小小的丝公泡，在满足那个时代我们饥饿的胃的同时，在多少乡村少年的心里播下了美的种子呢？

前几天，母亲从乡下来，谈起泥鳅、黄鳝、丝公泡这些我们以前常见的鱼时说，现在已经难得看到这些野生的鱼了，不由引起我的阵阵叹息。

这些水里的鱼啊，可怜的鱼儿，已经躲到了我们记忆的深处。

母　亲

（一）

父亲走后，母亲变得孤单起来。

父亲在时，两个老人总是吵，但总算有个相互照顾，让在外地工作的我放心。父亲不在了，母亲似乎一下子失去了生活的重心，不知道干什么好。原来早上起来，做好早餐，总要挨个喊父亲、哥哥、嫂子下来吃早餐，如今只是煮好，默默地吃了，便愣愣地在沙发上坐着，并无一言。父亲嘴巴刁。以前每天上午母亲都要到市场买些新鲜菜，如今只要冰箱有菜或头晚有剩菜，便凑合对付一餐。下午，母亲照例是要和左邻右舍的老太太打"斗十"那种纸牌的，一块钱一个的子，一天输赢难超过五块钱，如今也不去打了，只是在家默默地坐着，好久才"唉"地叹一口气。

母亲不识字，不像父亲那样可以读书、看报，打发日子。母亲的耳朵背，看电视那是真的"看"，只见人影动，声音却听不见。原来靠着父亲的大声讲解，才能懂个一二。如今没有父亲的讲解，只能靠猜，毫无意味，常常是电视正开着，人却已经睡着了。白天是迷迷糊糊地睡，晚上却是迷迷糊糊地醒。早早地上了床，却翻来覆去地睡不着，只听到楼底下母亲隔那么久轻轻的开门和关门声，在万籁俱寂的夜里显得有些响。

　　一个大字不识的农村老太太到城里生活是多么的艰难，我们无法体会母亲的内心。城市里的一切都让母亲不安。家里的电器就让母亲毫无办法。开始一两年，我和哥哥费劲地教母亲煤气灶的用法。煤气火旺，"呼"地一下蹿得老高，常常把母亲吓一大跳。母亲学了很久才掌握，我们看着她用了好几次后才放心。可是每次煮菜，听到煤气呼呼地烧，油在锅里滚得要起火，母亲还是那么慢腾腾地在菜板上切，我总是赶快跑进厨房，把煤气关住。心里常想，万一母亲一人在家，煤气炸了该怎么办？洗澡也是难题。用电和太阳能好些，母亲知道往左往右要么是热水要么是冷水。用燃气就毫无办法，冷热之间的转换毫无规律。我先给母亲调好水温，可是洗的时候稍微扭一下，热水忽然变成了冷水，冷水又忽然变成了热水。尝试了几次之后，母亲终于放弃，还是用一种俗称"热得快"的烧水器烧水洗澡。洗衣机的用法我们曾教过好多次，可是母亲实在没有办法记住开机、浸泡、洗涤、漂洗、甩干这些繁杂的程序，只能用手洗，洗干净后我们用洗衣机帮她老人家甩干、晾上。在农村是无所不能的能干婆，在城里只能束手束脚，畏首畏尾。母亲是一株从农村移到城市的老树，无法找到生活的泥土。

　　从农村出来差不多20年了，母亲似乎从未真正融入城市的生活。那些如蝗虫般花花绿绿来来往往的车流总让母亲惊恐，每次过马路总要左顾右盼小心翼翼，直到确定没有车辆了，才敢颤巍巍地走过去。那些高大堂皇千人一面的建筑常常让母亲心慌意乱，不敢走出小区太远，唯恐回不去。好多回我到北上广出差，看到那些如同克隆般的高大建筑和小区，我会突发奇想，好在这辈子出息不大，万一我在这里工作，母亲会不会上街就找不到回家的路呢？城市的人总让母亲戒备。这么多人熙熙攘攘的，却没有一个你认识，也没有一个愿意和你打招呼，而在大街上真要有个人和你打招呼，你又要充满警惕，就像一只猛然受惊的毛刺张开的刺猬。城市里的那种客气总让母亲不自在。哥哥和嫂子常常鼓励母亲到左邻右舍的老太太那里玩，可是母亲总不愿意去。母亲说，到别人家就不自在。而且别人越是客气地让座、倒茶、拿糖果、削水果，就越不自在，总觉得这种客气里有些虚，还不如在老家站在别人家的门槛和别人说话那般自在。再说，别人家的年轻人会怎么想呢？如果年轻人喜欢倒也就罢了。如果不喜欢，还要害别人家老太太挨年轻人一顿数落。母亲从来就不是那种自来熟的人，永远做不到在陌生人面前游刃有余。母亲就像一只流落在城市里的蜗牛，轻轻一碰，触角就会缩了回去，把自己躲在一个薄薄的壳里。

母亲说了好多回，要回故乡去。故乡一直是母亲薄薄而坚硬的壳，这么多年来，母亲一直都生活在这壳里。故乡的信息让母亲牵挂，故乡的草木让母亲亲切，故乡的一切让母亲心安。母亲年轻的时候就得了一种叫"心口痛"的毛病，转风或太苦、太累了，准要犯。一有征兆，就要用调羹蘸盐开水或生茶油刮痧，否则一发作就会呼天抢地，痛得打滚，吃什么药打什么针都没用。在老家，左邻右舍的老太太、小媳妇、大嫂子，谁都会刮，喊谁都没关系，在城市却是毫无办法。有几次，母亲痛得直打滚，送到医院打了好久的点滴才好。母亲是长在故乡的一棵老树，适宜在故乡的这方水土生活。这么多年来，母亲一直隐忍，开始是为了父亲，因为父亲喜欢热闹。后来是为了侄女，侄女要读书，需要母亲的照顾。如今，侄女也考上了大学，母亲已无牵挂，但却要照顾两个儿子的脸面。让一位74岁的老母一个人回家，别人会怎么看？左邻右舍会怎么看？亲戚朋友会怎么看？我和哥哥反复劝说母亲，当年辛辛苦苦地送两个儿子读书，读大学，参加工作，不就是为了到城里享福吗？何苦回到农村？母亲终于作了妥协，答应在沱江住几天，回农村老家住几天，一切都随母亲自己的内心。

（二）

清明节的前一天，我和哥哥回到了家里。

母亲已经于一个月前回了家，因为老屋漏雨，母亲请几个瓦匠把屋里的瓦捡一下。

屈指算来，从 1992 年参加工作，我离开故乡已经整整 26 年了。离开时还是意气风发、少不更事，如今已是两鬓斑白、暮气深重。这么多年，除了每年春节拜年、清明祭祖回来一两次，我已经很少回来。对这片土地，我感到既熟悉又陌生，既温暖又疏离。每次回来，都发现，要么是这家在这个田峒上或马路边建了一栋房子，要么是那儿开了一个店子；要么是这个拐弯砍了一蔸树子，要么是那个角落倒了一座房子；要么是这家老了一个老人，要么是那家生了一个小孩，要么是惊讶谁家去年还小的小孩一下就长这么大了。生生死死、轮轮回回，就像一幅在时光长河的隧道里缓缓变化的木刻版画。

老屋还是那么熟悉。小时候觉得老屋很高，现在觉得老屋很矮。尤其在周围越簇越高的水泥楼房的包围里，这栋黑瓦灰墙的老屋就像一个穿着烂织布服的老人，显得沧桑。这栋由爷爷、伯父和父亲共建的老屋，始终是我对故乡记忆的中心。正如我在《故乡是什么》里写的："故乡其实很简单。故乡，就是你一提到故乡，就会不由自主地奔涌到你脑海里的那些画面；故乡就是你一提到故乡，就会不由自主地奔涌到你脑海里的那些人；故乡就是你一提到故乡，就会不由自主地奔涌到你脑海里的那些景；故乡就是你一提到故乡，就会不由自主地奔涌到你眼眶里的那些泪。"我一想到故乡，就会想起故乡的老屋、故乡的那些熟悉的人、故乡的那些风景。老屋是我故乡记忆的中心。它是我生命的起点，看来，也必将是我生命的终点。

堂屋的光线有些幽暗。从屋顶几处亮瓦漏下的几束阳光让灰尘有些微微的浮动。神台前的香炉插满了未燃尽的香棍子。两边的两个啤酒瓶插了几根未燃尽的蜡烛。神台两边的对联红纸已经有些褪色。对联是过年时读博士的侄子亚湖写的："春露秋霜动时思，木本水源怀远泽。"横批："祖德流芳"，是父亲在世时最爱写在神台的一副对联。父亲的遗像挂在神台右边的墙壁上，相片是2013年我陪他和母亲到桂林旅游时在象鼻山前照的。6年过去了，父亲还是没有变，眼睛还是那么炯炯地看着我，脸上有一些微微的笑容。

"三崽，你多久没有回来了?"我似乎听见父亲微微地笑着问我。

灶屋的大灶小灶还在。这种大灶灶尾和小灶灶尾合在一起的灶是极好的节柴灶，两个灶的火苗灶尾都够得上。大灶熬潲，小灶煮饭炒菜，灶尾熬稀饭。往往是潲熬好了，稀饭也熬好了，可以节约很多柴火。这是头脑灵光的当砌匠的父亲想出来的，当年曾引得好多婆姨到我们家参观和啧啧称赞，让母亲长了不少脸，也引领了我们村的厨房革命。灶台对面的老碗柜——那是父亲、母亲结婚时做的了，装满了当年我们曾经用过的碗，如今已铺满了厚厚的灰尘。靠窗的灶膛，以前在家时上面总挂满了黑得发亮的腊肉，如今什么都没有了。

吃饭的屋子也基本没有变。外面一张小饭桌，平时吃饭用。里面一张八仙桌，过年过节请客用，喝酒的坐八仙桌，吃饭的坐小饭桌。靠窗一张高桌，放了一台黑白小电视机，是哥哥参加工作不久后为家里买的，曾经是父亲的最爱。父亲每次看了，总是很小心地用罩布罩了。母亲回来后，把电视机上的灰尘小心翼翼地全擦干净了，另外换了一个罩布，也许能用，也许不能用了。靠小饭桌的墙壁上挂了一个相框，里面的照片由于多年水汽的侵蚀，已经开裂、变形，也还大致能够辨认，叫人想起我们家那些斑斑驳驳的旧时光。

书房是隔成的两间。里面的一间是客房，原来竖着摆了两个床铺，如今只剩下几张光床板了。外面的那间是我和哥哥的卧室，原来摆了两张床，我和哥哥各人一铺。现在只铺了一张床，盖了一床被，母亲回来的这段时间就睡这里。靠窗的书桌，那面已经脱了些漆的镜子还在，灰蒙蒙的镜面照着自己已经老了的灰蒙蒙的面容。那个黑色塑料笔筒和豁了一角的碗还在。塑料笔筒插着父亲写对联用的大毛笔，还有各色的圆珠笔、铅笔，写帖子的小毛笔却找不到了。父亲写完字，就把毛笔搁在碗的豁口上。每次看到豁角的碗，总让我想起同样豁了牙齿的父亲温厚的笑容。

母亲陪着我，这间屋那间屋地进进出出。母亲絮絮叨叨地说，这老屋已经很漏了，我去年请人捡了一次瓦，可能新瓦没添够，再加上没有人在家监工，捡得很毛，一下雨又漏了。我刚回来那几天，下春雨，把木盆、脸盆、木桶和提桶全都用上了，都不够用。前几天，看天气好，我赶快请了几个师傅来捡瓦，添了 300 片新瓦，这回终于可能修好了，到底修没修好，还要等下雨再看一下。

其实，母亲就如一座老屋，这么多年以来一直为我们遮风挡雨。

中午，在大哥家里吃饭。

下午，我们陪母亲聊天。我问母亲回家住得惯不惯。母亲说："住了这么多年了，怎么会不惯？"母亲又问我惯不惯。我说："从小就住这，怎么会不惯？""那晚上回不回县城住？"我说："不回了，就在家里住两天。"母亲说："我去铺被子。"

吃罢晚饭，母亲要我和哥哥陪她到烤烟房去看看。

我和母亲拿了手电筒上烤烟房来。烤烟房紧挨着在父亲母亲住的房间后面。最初砌这个老屋的时候，我的砌匠祖父砌了 5 间。

和伯父分家的时候，右边两间给了我们，左边两间给了伯父，堂屋共占。后来，两家人口渐多，父亲、伯父便在祖父房子的基础上，紧挨着建了4间。一间挨着我们吃饭的房子归我们家，成了我和哥哥的书房与客房。后面排着3间，右边两间先是分给了伯父的小儿子，即小哥；后来分给了伯父的大儿子，即大哥；左边一间是我们家的，用来堆柴火、关鸡之用，后来又改成了烤烟房。烤烟房与隔壁莫家的房子有一条通廊，因为屋檐的遮挡，从来不漏雨，聪明的父亲把它改成了洗澡间。由于隔得比较远，我心里总有些怕鬼。读初中、高中时，放假，晚上来洗澡，我总是边洗澡边唱歌，真是"知我者知我怕鬼，不知我者谓我快乐"呢。

烤烟房里，烤烟炉和烟房都在。地上原来堆了一些乱七八糟的木柴，这几年大事多，也慢慢地烧完了。靠窗原来并排摆着两台大料（寿棺），是20世纪90年代末期哥哥利用在大圩农行营业所工作的便利，托朋友砍了上好的杉树运回来，请木匠做了两个月才做成的。父亲心太急，走得太早，还不到73岁就先走了，先用了一台。剩下一台摆在烤烟房的窗台前，还隐隐有些杉木的香气。

母亲用手电筒照了照。原来大料靠窗的尾端垫了几块砖头撑着，现在那几块砖头由于吃不住力，已经错开，尾端着地，有些倾斜。江南水汽重，尤其是南风天，下雨之后，水汽渗上来，大料就会朽。母亲说要想办法把尾端抬起来。母亲打着手电，我两手用力抬起大料的尾部，哥哥用一根木头撬起尾部，再塞入一根木筒，大料的尾端终于离了地，重新平衡起来。

想着白发苍苍的母亲百年之后也将装入这大料，埋进这片生我们养我们的土地，我的心里便有了些微微的凉。

（三）

4月5日，正清明。母亲说："你两兄弟到凉亭给你们的父亲烧纸去。"

我和哥哥拿了锄头，背起粪箕，装好纸钱、蜡烛、香、鞭炮、地雷炮，带上几个艾叶粑粑、一个腊猪脸、一瓶米酒，烧纸去了。

四月的早春，天气还有一些薄薄的凉。沿路不停地和上坟的人打招呼，不是本家、亲戚，就是邻居，让人心里有些暖。这么多年，年轻人都到外面打工，除了过年过节有短短的几天热闹，平时就很冷清。加上这么多年，大家建房都靠村前的马路建，往村后的风水林建，恍然觉得这村子就像一棵巨大的空心的树，广阔、枯寂、寥落而又空空荡荡。村中间的房子，有些已经倒了，有些还未倒，瓦是破的，檐是烂的，窗是朽的，墙是塌的，让你想着究竟是什么人曾经在这里住过，如今又到哪里去了。晚上如果有鬼叫，真是吓死人。不知名的野藤恣肆漫爬，到处的狗尾巴草蓬蓬勃勃，它们更好地诠释了腐朽与死亡其实是另一种意义的生。

走出村后的风水林，眼前豁然开朗。一个田峒缓缓铺开，一条鹅卵石铺就的古道蜿蜒北上。这古道以前全都由密如玉米粒般的鹅卵石铺就，如今已是这里缺几块，那儿缺一段，叫人想起上了年纪缺了牙齿的老农那温厚的笑容。这条我小时候放牛、上山砍柴走过千万回，磨烂了母亲给我织的无数双布鞋的古道，就是历史上赫赫有名的潇贺古道。想着秦汉之际，无数猎猎的旌旗，无数辚辚的战车，无数的商贾迁客，就这么一路走下去，越过白芒营、涛圩，就直下广东、广西乃至越南去了，真是令人神往。

还是农历的三月，原野似醒未醒，荒草黄中带绿，有些像胎儿毛茸茸的头发。到处婉转的鸟啼已经宣告了春天年青鲜活的气息。

　　田峒中间，一条小河穿野而过。小河的上面原有一座石拱桥，石身、石面、石阶、石栏。如今为着过车，把石阶全部填平，石板面改成了水泥路面，虽然石栏还在，总让人感觉如吃鱼被鱼刺卡了喉咙似的有一些痛。桥下的水还不大，开春毕竟还有些早。

　　走过拱桥，一路向上，人烟渐少，松树、油茶树渐密，如墨色渐浓的山水画。从此处直到桥市，都没有什么村庄，都是这样的松树林、茶树林了。至一开阔处，恰如留白，有入云古樟森然耸立。樟下一亭，叫"惠风亭"。亭的基脚与墙全都由石条砌成，甚为坚固，唯那木顶却经不住风雨的漂洗和岁月的重压，几经修葺，仍然于20世纪90年代的某一天突然倒塌，只剩下石基、石墙、石碑、石柱与满地的碎瓦砾。20多年过去了，亭内、四壁、墙上、廊下，到处都长满了杂树，开满了红色、黄色、白色、粉色的山花，在春风里艳艳地摇曳。

　　这惠风亭建于清同治年间。小时候放牛，我曾无数回和小伙伴们在亭里躲荫、躲雨、打仗、睡觉或下"三三棋"，手拉手合抱大樟树量她的腰身。亭内有两副对联，至今还记得。一副是："登程应备羊肠险；坐石权听鸽语安。"另外一副是："志奋前程须展翼；肩歇此地好停骖。"停骖停骖，如今父亲已经是埋在凉亭右边松林的一块空地上，永久地停骖了。

　　父亲生前的最后几年就已经悄悄地给自己看地了。爷爷葬的灵岩，伯父最后也葬在那里，四围山峦如聚，背后一座山，山脚一口塘，犹如聚宝盆，是块好地，父亲却嫌有些远。奶奶葬在村南面的松树岭，离家近，却是坐南朝北，而且正隔了一条斑河。父亲好多次提到了凉亭边的这块空地，家里几位先人葬在这里。后面是微微的山包与松树林，前面一个凹坑犹如金盆，左边磨螺山、牛牯岭、萌渚岭一路逶迤，右边篁竹山、松树岭蜿蜒而去，远远地正对着村子南面的笔架山——父亲打心里还是希望家里多出些文化人。好多回，清明扫墓来到这里，父亲总是说，我死后就埋这里了。埋这里，离家近，路好走些。开小车从隔壁的虾塘村的村村通公路可以直接开到凉亭。父亲是要脸面的人，希望他的两个儿子开着小车叫着喇叭来给他扫墓。可是如今的我们却总是喜欢走路，是不是让躺在地下的老爷子心里有些不高兴呢？

　　我和哥哥来到墓地，把杂草割干净，各挑了几担土垒坟顶，插上纸花，把贡品摆好，倒了些酒，开始烧纸、上香、磕头。我问哥哥向父亲许了什么愿，哥哥笑了笑。哥哥问我向父亲许了什么愿，我也笑了笑。我想起了去年清明，我给父亲写的一首诗：

读书时　每次写信
父亲总是告诉我
家里　一切都好
你要安心读书
不要挂念

工作后　每年
我很少回家　看望父亲
我的理由总是很多
工作很忙
脱不开身

父亲病了　每次回家
探望父亲
父亲总是说
没事　都是老毛病
你要安心工作
明天就走

父亲去了　每个清明

我们　都要回来

给父亲

烧纸　许愿

求父亲　保佑我们

红尘安好

　　鞭炮打了起来，地雷炮也"轰轰轰"地响了起来。哥哥倒了一些酒，上了一包黄壳芙蓉王给父亲。父亲生前喜欢抽烟、喝酒。烟一天要抽两包，酒要喝三餐。"一天三餐喝两盅，从早到晚都威风。"这是父亲的口头禅。祝他老人家在那里也有好烟抽有好酒喝，不要再喝米酒抽喇叭筒。其实，如果父亲还在，我一定要劝父亲不再抽烟，喝一点养生酒，可以长寿。

　　后面的野地长了许多小油茶树，长了一串串白白的小茶片。小时候放牛，我和小伙伴们漫山遍野地找这种美味。我摘了几串，尝了，有些淡淡的甜。又找了好几串，包好，准备带回零陵给女儿吃。

（四）

　　下午，母亲要我陪她到菜地去看看。

　　菜地在村南的打谷坪，只隔了一个田峒，不远。

　　原来没有搬到城里的时候，家里还有父亲、母亲和哥哥三个人的田地。我的那一份，1988 年我考上大学，恰逢小调整，拿了出去。这些田和地都分得散，东一块、西一块。进城以后，这些田和地都给了伯父的两个儿子种。母亲回来没多久，就把离家最近的打谷坪和村后飞机坪的自留地挖了一遍，打谷坪的自留地种小菜，飞机坪的自留地种花生。我劝母亲，这么大年纪了，回来别干农活了，一百块钱可以买好多呢。母亲说："自己种的，不用化肥不打农药，放心。"

早春三月，田地都已基本犁过或翻过，露出了黝黑黝黑的肚皮。烤烟秧已经种下去了，黄豆、花生和南瓜也将要种下去，辣椒、空心菜还要晚一点。到处都是青蛙、虫子的欢叫，空气里弥漫着生机勃勃的繁衍的气息。

大地就像待孕的母亲，渴望种子的点播。

在这个季节，唯一青翠欲滴的是豌豆苗。经过一个冬天大雪的覆盖，长得更加枝藤漫患，开了白色、红色、紫色的花。颜色不同的花，结出的果实却是一样的，一律的青，青翠、水灵的青。摘一把丢进嘴里嚼，满嘴都是绿绿的汁液，青青的甜。摘了几把，想着那些弯腰种豌豆的女人的辛苦，让你不好意思再摘了。

菜地前几天刚刚翻过，有些新鲜、松软。母亲说："这块菜地是自留地，是当年你爷爷做砌匠，赚了一点钱买的，已经祖传三代了，以后不知道给谁种呢。"母亲指着地，说："这儿可以种点空心菜，那儿可以种点豆角，那边可以种点辣椒、丝瓜之类，到时候菜吃都吃不完呢。"

母亲的脸色有些欣愉。

父亲过世后，我开始了故乡题材的写作。我之所以说是写作，而不是创作，是因为我的写作都是回忆，我的题材都是真实，我不过是用笔把它写出来罢了。我的许多文章都提到了父亲，有的文章虽然没有提到父亲，却总能看到父亲的影子。父亲对我的影响是巨大的。我的性格、个性、爱好都像父亲。其实在我们家，我们更应该感谢母亲。是母亲的操持使我们这个一穷二白的家走向振作，是母亲的坚忍让我们在暴戾的父亲面前得到母鸡般的庇护，是母亲的善良与教育让我们懂得做人的道理，是母亲的艰辛与坚韧让我们两兄弟能好好地读书。我们兄弟俩能考取大学，参加工作，要感谢父亲，更感谢母亲！对于我们这个家，母亲付出得太多，承受得太多！

看着母亲在春风里微微吹拂的白发，我的双眼有些湿润。关于母亲一生的记忆不断地在我脑海奔涌。

母亲的出身苦。外公是个盲人，外婆生了姨妈、大舅、母亲、和小舅。其实外公并不是先天盲，相反年轻时长得很高大、威武，唱戏常扮武生，因为化妆的油彩的感染，眼睛被弄瞎了。外公眼瞎之后，外婆没有能力再养4个子女了，把姨妈和才5岁的母亲接出去做童养媳。姨妈接到沙井过去的老鸦桥，那户人家好，送姨妈读了几年书。母亲接到隔壁的松木园村，这户人家阿婆厉害，母亲天天都要被逼着去放牛、挂松叶柴火。冬天下雪，北风像刀割一样的也要去，不去就要挨打，不给饭吃。晚上睡织布机的座位上，盖一床烂被子。一到冬天，头上长满疙瘩，脚上长满冻疮。有一次，姨妈去看母亲，看着母亲小叫花般的样子，心痛得直掉泪，两姐妹抱着哭。有一年中秋节，外婆去看母亲。那阿婆预先买了一件新衣服，叫母亲等外婆来的时候穿给外婆看。母亲用马郎古（石头）把新衣服全部凿烂，外婆来时把凿烂的新衣服拿出来，丢到地上，抱住外婆哭起来。左邻右舍也纷纷数说阿婆的暴虐。外婆把母亲接了回去。后来，外婆还有好多次想把母亲送出去，母亲死活不同意，才作罢。

正如一位社会学家所说，婚姻就像一只蝈蝈笼，把两个完全不相干的人放在了一起。从许多方面来说，父亲和母亲都是不同类型的人。父亲难看，母亲漂亮；父亲高小文化，当过民办老师，母亲是文盲，大字不识；父亲性格暴躁急躁，母亲性格倔强坚忍。把父亲和母亲两个完全不相干的人放在一起的是外婆，她中意父亲是个读书人。在她老人家看来，读书总比没有读书好，哪怕这个读书人已经很倒霉。那时父亲已经从八峒小学被开除回家，而且受伯父被打成"反革命"的影响，再也不可能出去（工作）了，人生已经倒霉透顶。

俗话说："天下穷人是一家。"可真要是两个穷人成了一家，真是难事。衣、食、住、行、柴、米、油、盐、酱、醋、茶，有哪一样是离得了钱的呢？父亲母亲结婚时，真是家徒四壁，空无一物。除了爷爷留下的两间空房子，全部家当就是一个碗柜、一张桌子、一个水缸、一个鼎锅和几张凳子而已。真正能过苦日子的是女人，男人都是受不得苦的。守了寒窑18年把儿子带大的，是王宝钏，薛仁贵自然是要博取功名的。父亲吃不了苦，也已经不习惯干农活了，更没有薛仁贵那样的武艺，却只有打老婆的本事。暗淡的前途、亲属的白眼、家族的欺负、生活的困苦让父亲变得暴躁而阴郁。母亲是父亲的出气筒，父亲常常无缘无故地打母亲。我至今还记得，有一年春节，生产队杀了两头牛，家里分了一点牛肉。母亲刚把肉切好放进碗里，准备煮，父亲从外面回来，问："怎么就分这么一点点？"母亲答："你一年出了几天工？"父亲听了把碗往地上一摔，就打起母亲来。我们哭着扯父亲，拉母亲，都没有用。还有一次，不记得因为什么事，我滚到地下撒泼，哭鼻子。母亲哄了好久，哄不转，没哄了。父亲挑牛粪回来，骂母亲："儿子哭，管都不管。"就向正在煮潲的母亲一拳打过去。母亲还手，两人打起来，我们姐弟三个哭着喊"爸爸，爸爸，别打妈妈，别打妈妈了，别打了，别打了"，三姊妹都去扯爸爸，一点用都没有。小时候我们三姊妹都不喜欢父亲，同情母亲。父亲不在家，我们的日子过得开开心心；父亲在家，日子过得就像霜打的茄子。

为了把这个家立起来，母亲找了外家的一个做砌匠的叔伯哥哥，求他收下父亲做徒弟，砌房子，搞副业。父亲从此便从一个教书匠变成了砌匠。

读初中以后，父亲、母亲就像一部旧单车的两个老轮子，经过多年的磨合，开始合拍，家里笑声多了，吵闹少了。根本原因在于，父亲觉得一切有了出路。经济有了出路：分田到户后，母亲干活拼命，田地的收入不会少，父亲农闲时做砌匠，经济自然比一般人家活络些。政治不再压抑：因为不再唯阶级成分，不再搞阶级斗争，政治环境开始宽松。家庭有了出路：我们三姊妹都体谅父母，懂得家里的苦，读书也读得去，父亲从我们身上看到了希望。在买了几乎是全村第一辆永久牌单车、第一台缝纫机，在全村第一批砌房子之后，父亲、母亲下定决心，送我们两兄弟读书，实现父亲当年没有实现的梦想。

只是父亲、母亲当初没有想到，这条路会这么远、这么难、这么苦、这么累。我的读书之路还顺一点，初中三年，高中三年，顺顺当当地进了大学。哥哥友水就非常坎坷，一切都是最高值。初中读了五年，和我一块考入江华一中，我在民族班，他在普通班，后来又一同分在文科班，我应届考起，他连续复读四届，最后考取了大学。

父亲还是和以前一样，到处给别人砌房子。除了农忙和过年过节，很少回来，家里的事全部交给母亲和姐姐。母亲干活不惜命，早晚两头见星星，忙了田里忙地里，忙完地里又上岭，春插、烤烟、双抢、摘油茶、上大岭、砍柴火、喂猪、放牛……忙得像陀螺。烤烟、蒸酒、磨豆腐这些男人干的活，母亲都能干。开始几年还有姐姐帮着，姐姐出嫁以后，家里就全靠母亲一个人撑了。高二那一年的国庆节，我从江华一中放假回家。那时姐姐已经出嫁。吃完晚饭，我陪母亲烧水，我问母亲，一个人一天怎么过来的？母亲说，早上5点多就起来，把潲和稀饭熬好，吃了早餐去喂猪，喂完猪去放牛，还要顺带割一担柴火。下午，到地上锄草、割猪草，太阳下山才回来，还要挑水、喂猪、煮饭、煮菜。吃完晚饭还要剁猪草，然后才烧水洗澡、睡觉，每天都要9点多钟才能搞清，忙得团团转。经常是母亲烧着烧着就睡着了，醒来，原来烧热的水已经凉了，只好重烧，洗澡，再睡觉，天已鸡叫。由于长年累月的劳累，母亲的头发不到 50 岁就全白了。

哥哥复读第四年的时候，父亲已经绝望，坚决不准他再去复读，甚至连后路都替他想好了，去当民办老师或代课教师，再砌两间平房，讨个老婆。哥哥坚决要去复读。母亲对父亲说："就让他再去试一下，我们再辛苦一年。"那一年，哥哥终于考取了大学，后来顺利参加了工作。

因为母亲的养育，我们要永远感谢母亲。

因为母亲的艰辛，我们要永远铭记母亲。

（五）

暮色一点一点地拉下来。

蛙鸣一波一波地漾起来。

乡村的夜，清凉、静谧、安详。

吃罢晚饭，并无别事，陪母亲闲聊，东一句，西一句。

母亲说："大屋的之润舅舅病了，想去看看。"我说："好。"

之润舅舅和舅舅属于同一房，算起来，也是比较亲的。当年我们读书时，家里困难，借钱自不必说，遇到农忙，人手也单，亲朋好友、左邻右舍多有助力，他们是解开父母亲难题的钥匙。这些钱后来都还了，但每回父亲母亲总唠叨说，当年你们兄弟读书，某某借了好多钱，某某什么事帮了什么忙，你们要记得别人的恩情。

这么多年，参加工作，回来得少，很多亲朋好友有事，都是父亲、母亲去的，其实都是父亲、母亲在帮我们还人情呢。

其实，人在少时，豪气干云，总觉得人生无难事；人过中年，暮气渐重，才恍然明白，人生都是难事。"条条蛇都咬人。"时时难、事事难、处处难，你要找到解决这些问题的钥匙。

人生的钥匙也有很多种，不一定关乎钱。人生落魄时的一句暖心话，恋人之间一个懂你的眼神，"行到水穷处，坐看云起时"的一种境界或格局的变迁，文人"少年儒家、中年道家、晚年佛家"的一种心安，都是钥匙。

心安即故乡，心安也是钥匙。

母亲也给别人当过钥匙。

很小很小的时候，母亲喜欢带我们三姊妹到她外家隔壁的三家田的一个老阿婆家里玩。三家田在村后边，3户人家都姓莫，所以叫三家田。那阿婆的皱纹像老树皮般，总有70多岁了吧，无儿无女，母亲要我们叫她外婆。其实，她与母亲外家并不同宗，辈分也隔得远。母亲在娘家做女的时候，阿婆待母亲好，母亲经常去玩。母亲嫁到我们唐家以后，还常带我们去看老人家，陪着聊聊天，帮着拆拆衣、缝缝被什么的。每次去，阿婆总要煮腊肉给我们吃。香喷喷的腊肉安慰了我们饥肠辘辘的小肚子，所以至今还记得。孩子的吵吵闹闹让阿婆老树皮般的皱纹舒开如花的笑容——母亲是阿婆的钥匙，安慰了一个孤寡老人的寂寞。

后来，母亲不带我们去了。再过几年，那阿婆也过了，阿婆的房子被平时对她不好的家族瓜分了。最靠边的那间被对她最不好的本家拆了，改为茅厕。

读高中时，我有一次问母亲："我们小时候你经常带我们去的那个三家田的阿婆，那个待我们很好，总煮腊肉给我们吃的婆婆，后来怎么没去了？"母亲说："不是不想去，而是不好去了。"原来，那个婆婆的叔伯兄弟说，母亲经常去婆婆那儿玩，是不是贪图老人百年之后的钱财或房子，母亲为了避嫌，只好不去。好几次，阿婆碰到母亲，问怎么好久没带着孩子回来玩，还说嫁到唐家，过上好日子，就忘记我这个孤寡老婆子了。母亲只是用孩子小、好多事、没有空敷衍过去。

后来每次放牛，走过三家田，走过如今已改成茅厕的路边，我总会想起阿婆，想起那令人难忘的浓浓的腊肉香。

读小学的时候，母亲与村中间新屋的一位婶子过从甚密。她的男人和父亲一样，都是砌匠，有段时间在一起做事，所以我们两家的关系也紧密起来。那女人常常无端地怀疑自己的男人在外面有女人，好多回想喝农药，有几次都已经喝了一点点，之后，告诉母亲。母亲劝她说："你莫有点蠢，蠢得像头猪，喝什么农药。我有一个女儿、两个儿子，你有一个女儿、一个儿子，慢慢地带大了，那就是指望，那就是依靠，喝什么农药。"有一段时间，那女人已经没什么事了，有说有笑。

母亲的安慰是她的钥匙，暂时断了她轻生的念头。

读初一的那年暑假，一大早，就听到新屋的人走出莫家门楼，到处嚷嚷说，那女人死了，喝农药。

母亲大吃一惊："昨晚才和我聊到鸡叫才走，说好今天上午一起去割柴火，走的时候还好好的，一点都看不出来。"母亲跑进新屋，哭了一场。

那一个夜晚，母亲没有那个女人的钥匙，解开她的心结，或者说，那女人故意把话题转移到其他的事情上，让母亲无法把握她的心事，所以，母亲也没有办法找到她的钥匙。

其实，每个人自己才是自己的钥匙。正如佛家说的："相由心生，运由心走"。每个人都是自己的钥匙，自己才是自己的观音。

父亲在晚年没有找到他的钥匙。对于香火观念的愚昧让他食髓无味，脾气重新变得暴躁、阴郁，所以走得太早。

母亲找到了她的钥匙。回到故乡生活，故乡让母亲心安。

我找到了我的钥匙。不再在意红尘中的浮浮沉沉，安心写作。写作浇我心中块垒。

晚上，饱受失眠折磨的我，在久未回来的家里，酣然入睡，一觉睡到天亮。

民办老师

民办老师的身份既骄傲又尴尬。

民办老师的职业既崇高又卑微。

民办老师的家境既清贫又辛酸。

民办老师是一部农村教育的断代史。

民办老师介于"民（农民）"与"师（教师）"之间，他们教着与公办老师同样的书，却领着不一样的工资。

他们早上还在田里犁田，等一下就要到教室上课，裤子上还沾着新鲜的泥巴。

他们是农村红白喜事的座上宾。他们极熟悉民间礼仪，而且对风水、踩地也略懂一二。他们练得一手好的毛笔字，农村的红白喜事都要请他们写几副对联，然后恭恭敬敬地请到上席。

他们是支部书记家的陪客。他们酒量极好，县乡的干部来了，总要喊他们陪酒，讲一些笑不死人的笑话和一般农村人讲不出来的彩话，让领导们喝得舒舒服服，醉得舒舒服服，开心得妥妥贴贴。

他们做梦都想转正。那是通往另一个阶层的"绿卡"。

他们是农村姑娘的梦中情人。民办教师的柜子总是装满了妹崽做的布鞋子。

记忆中的几个民办老师，是那个时代农村艰苦生活的一抹温暖的记忆。

同年爷

父亲有 3 个老同（江华梧州瑶族人同一年生的认老同，即老庚，相互走亲戚），我有 3 个同年爷。

3 个同年爷，一个住老鸦桥，一个住八峒，一个住桥市正中营。老鸦桥的在上面，八峒的在中间，桥市的在下面。

父亲的 3 个老同实在是太"同"了，不仅同年，而且同经历——都当过民办老师，更有同爱好——喝酒。

记得那时正月里，给几个同年爷拜年。父亲用单车带着我，一拜就是六七天。先到老鸦桥的同年爷那儿住两天，然后到八峒同年爷那儿住一天，再到自己家住两天，然后到桥市住两天。有一年，父亲熬了一坛酒，打了一条老狗，几老同从早上喝到晚上，一坛酒没了。

3 个同年爷，最有味道的是八峒同年爷。

上小学的时候，我就不是一个好学生，读书不用功，却爱看"大本本"（读课外书）。父亲的《西游记》《三国演义》《七侠五义》，哥哥买的连环画，都让我囫囵吞枣地看了去。记得是小学三年级的一个夏天吧，父亲陪同年爷在客厅聊天，我捧着一本《西游记》在厨房，边烧火做饭边看书。同年爷到厨房，翻了一下我的书，问道："《西游记》里有哪几个人陪唐僧到西天取经？"我说："有一个叫猪八戒，一个叫沙和尚，还有一个叫孙大'怪'。"——那时我们才学"妖怪"这个词，还不认识"圣"这个字，我是有边念边，无边念中间，把"圣"念成"怪"了。同年爷哈哈大笑，说："你这个同年崽，读书读牛胞衣去了（江华梧州瑶族人骂小孩读书不明理，越读越蠢的意思）。你怎么刚好把意思弄反了。孙大圣是打妖怪的，怎么变成妖怪了？"把我羞得面红耳赤。小学三年级的一次期末考试实行交叉监考，同年爷刚好到我们学校我们班监考，发现我这个同年崽在班上，自然格外"关照"。一会儿过来看一下我的试卷，一会儿在我旁边站一下，搞得我大为紧张，偷看都不敢偷看了。我成绩本就一般，但交卷速度历来是全班第一——反正考不出，何必浪费时间？那次也不例外。后来同年爷对父亲说："老同，老同，我看同年崽总是第一个交卷，以为成绩蛮好，谁知道成绩很一般呢。"父亲当着客人的面就一毛栗敲下来，我的头上就起了一个大包——从此看着同年爷就有点怕。

真正改变了同年爷对我的看法是在初一的暑假。同年爷到了我们家，父亲炒菜我烧火。同年爷在旁陪聊，又考了一次我，问起《说唐》中的十八条好汉。那时候我已经把《说唐》《说岳全传》《西游记》等连环画翻烂了。他问："《说唐》第一条好汉是谁？"我答："李元霸。""第二条好汉呢？"我答："宇文成都。""第三条呢？"我答："裴元庆。"一直到第十八条，我都对答如流。他连说："了不起！了不起！同年崽这历史学得好。"——要一个像同年爷那样的高小毕业生分清正史和野史的差别，实在是有些难，但从此我在我们那一带读书便有了一些小名气——免费吹牛的自然是同年爷。后来历史一直是我的强项，高考历史我考了全县第一：92 分，理所当然地进了中南民族学院历史系，是不是也托了他老人家的福呢？

年岁渐长，阅世渐深，和同年爷的接触越来越多。从父亲和其他人的口中也得知不少他当民办老师的一些事，这些轶事就像埋在一个老红薯旁边的泥巴，需要一锄头一锄头地把泥巴挖掉、刨出、洗净、蒸熟之后，才能透出这老红薯本质的纯朴与芳香来。尤其在世风日下、人性狡诈的今天，更闪耀着奇异的光泽。

他是农村较早的一批民办老师，毕业于 20 世纪 50 年代的高小，参加县里短暂的师训班以后，就下到各村小去当民办老师了。听父亲说，他年轻时一直喜欢投稿。我想，无非就是弄个对联，或者写写打油诗一类的。那是一个伟大诗人都写"不见早稻三万六，又传中稻四万三；不闻钢铁千万二，再过几年一万万"（郭沫若《颂"大跃进"》）之类的打油诗的时代，也是几亿中国人都写快板、出黑板报的时代。一个高小毕业的民办老师能写出什么呢？像沈从文这样小学未毕业而能把小说写得极好的，那是天才。天才中华人民共和国成立以后不是也被迫放下写小说的笔去写中国服饰史了吗？村里人经常看见他到镇上寄信，却不知道干啥。终于有一回他兴冲冲地对大家说："编辑部的编辑给我回信了，说我的诗歌写得好，下次就给我发表了，要我多投些去。"——那个时代的编辑敬业，接到作者的稿件总要回几个字，对投得多的作者也会回那么一两次短信，以示勉励之意。可是，他却很认真，把这当回事，但终究没有一篇文章变成铅字。记得有一次他很自负地对我说："同年崽，你说为什么绝句一定要作 4 句？七律一定要作 8 句呢？有一回，我的一首绝句写了 6 句，一首律诗作了 10 句。"我心里暗暗地笑，嘴上却答道："是啊！是啊！为什么呢？为什么呢？"现在终于想明白了，规矩于自己何干？只要自己开心，写个 6 句、10 句，哪怕 20 句又有什么关系呢？自己开心就好，关他人鸟事。

与不注重作诗的规矩一样，对于那些繁琐的礼节和做人的礼仪，他似乎也是毫不在意的。母亲总说，八峒同年爷的白衬衣从来就没有白过，总有一些油迹斑斑。记得初中的一个暑假，同年爷从大路铺镇上赶闹子回来，背一根竹棍，竹棍上吊着一块猪肉。进得屋来，把猪肉解开，挂在墙上。我心里乐滋滋地想，终于赶上改善伙食的好机会了——一般人多少会客气地要主人砍一截下来，炒菜送酒。后来我高高兴兴地放牛去了。日头没照影子，我就急急忙忙地赶回来，心里想，中午可有好的吃了。可是中午的菜仍是炒黄豆、蛋花、面条和小菜，我不时看看墙上的猪肉，肚子里咽着口水。父亲的脸上也看不出有什么不对，照样春风满面，两老同照样碰一下，喝一个，碰一下，喝一个，极其兴高采烈。

这是我与父亲不同的地方，父亲对朋友是热情的、外向的，如同一盆火，总有许多朋友；而我是内敛的、沉稳的，如同开水瓶，内心热烈却外表冰凉，朋友圈比较固定。酒足饭饱，同年爷把猪肉从墙上取下来，照样用棍子背着，跟跟跄跄地走了——他这种不按套路出牌的人根本就没有套路、礼节这种概念，套路、礼节这种怪圈圈是套别人的，于他又有何干呢？

对于民办老师都很在乎的转正，他似乎也是我所见到的唯一一个不在意的人。读高中时有一年，父亲到江华一中来看我，我们走在水口街上（当时江华一中还在水口镇，未搬到沱江），碰到同年爷。父亲问他来县城干什么，他说搞转正考试。父亲问他考得怎么样，他笑呵呵地说，一共 10 个题，考对两个（我晕），隔壁的某某某一个都未考出，又乐呵呵地走了。

"读书望贵，喝酒望醉。"这是父亲几个老同喝酒时的口头禅，他却是身体力行。有一回，他到一个学生家里家访，家长极客气，留他吃饭，家长酒量差，未陪醉，极不尽兴。第二回家访，又不尽兴。后来在路上几次碰到，家长请他进屋吃饭，他把头摇得像拨浪鼓，说："你家里没有酒。"家长百思不得其解，后来终于明白。第三回请支书、村长、叔叔、伯伯和三大姑的姑爷、八大舅的舅爷陪他，喝得烂醉，倒在主家的牛栏边睡了一夜。第二天醒来，他极为开心地对家长说："这回终于喝好了。"还有一次，学校搞书法比赛，他得了三等奖，但他的两个学生一个拿了一等奖，一个拿了二等奖，大怒。有天喝酒之后，拿校长骂道："我这个当老师的才拿了三等奖，学生怎么能拿一等奖、二等奖？没有老师，哪有学生？学生怎么超得过老师？就是你这个做校长的当评委不公正！"从家里拿出鸟铳要打校长，把校长追得围着田垄打转。

八峒同年爷名叫余化义，在 20 世纪 90 年代，随江华最后一批转正的民办老师一起转了正。如今七十七高寿，在老家安享晚年。

进慧表叔

　　一个人有什么亲戚取决于自己的血脉，父亲的、母亲的、家属的，那是天命，甚至于多数是无奈。一个人有什么朋友则似乎更取决于自己的经历，那是缘分。至于亲戚好还是朋友好，那就要凭各人自己的感受了。

　　父亲这一生经历坎坷，从亲戚处所得大体都是寒凉，唯从朋友处得慰藉甚多，他们是父亲一生的棉被。

　　父亲的朋友大部分是当老师或当过民办老师的，还有一些是砌匠，前者是当民办老师结识的，后者是做砌匠结识的，这与父亲早年当过民办老师，后来为生活所迫改当砌匠有关。父亲非常怀念自己当民办老师的那段时光，也喜欢和当老师或当过民办老师的朋友玩。就像一个人走路喜欢往后看一样，在和这些文化人玩的时候，他能看到自己过去的青春时光。

　　在这些朋友中，进慧表叔是最懂父亲的一个。

　　说是朋友，其实还是亲戚，但父亲与进慧表叔的关系却更像朋友。

　　进慧表叔是母亲的三姑妈的儿子。

　　父亲常说，母亲的三姑妈的几个儿子真是个个多才多艺。大儿子黎进忠，道县师范毕业，后来做大路铺小学的校长、区学区主任；二儿子黎进礼，稍显木讷，在家务农；三儿子黎进慧，高中毕业，会吹笛子、拉二胡，代过课，后来转正，当大路铺中学校长、学区主任；四儿子黎进琴，在家务农，却也会拉二胡，会理发，真是吹拉弹唱，无所不能。

　　听父亲说，三姑公还有一个儿子，也极聪明，人才极好，高中毕业。"文革"时受家庭环境的影响，离家出走，不知所终。

　　在农村，要把儿子们都培养好是需要有基础的，尤其在那个大家都穷的时代。只是表叔家的这个基础实在太深——三姑公是1949年前我们村最后一任保长，1949年后自然是要在保长前加上一个"伪"字了。

"伪保长！"这是一顶多大的帽子，把三姑公一家压得喘不过气来。历次运动，开会游街，三姑公都是活靶子，戴上高帽，拉上去就是。在1967年8月的道县非法杀人案中，道县4519名"四类分子"（地主、富农、"反革命"、坏分子）被杀。江华本来是要砍三姑公的头的了，省里连夜来了紧急通知，要求刀下留人，三姑公才侥幸留了一条老命。

父亲与表叔，一个是"反革命"狗崽子（比父亲年纪大得多的伯父是我们黑山口乡1949年后的第一届农协主席，后被打成"反革命"），一个是"伪保长"的狗崽子。两个狗崽子，都是农村在那个紧张恐怖时代被欺负、被压制、被压抑而没有出路的人。两人都是1942年出生，共同的经历，相似的命运，让父亲与表叔的心贴得很紧。多少次批斗，要么是父亲躲在表叔家，要么是表叔躲在我们家。两老表还曾经一起躲出去到江永搞副业、避难。当时我的姨父在江永工作，当农村办主任，后来当副县长、副书记，进慧表叔的才华给他留下了深刻的印象。

"哼！你这个伪保长的狗崽子！"许多年以后，表叔在我们家喝酒，谈到一个贫农代表、"文革"小将，点着表叔的鼻子威吓道："你下辈子都不要想翻身。我要一刀砍了你！"表叔绘声绘色地模仿着那个贫农代表的腔调，脸微微地笑着，竟看不出在如此平静的脸上竟有那么多曾经千山万壑的昨天。

命运总是十分凑巧。表叔那年转正出的题目就是"为什么要彻底否定'文化大革命'"，表叔那真是满腹苦水，一倒而出。"鸟舜鱼汤"，滔滔不绝，竟是一考而过，顺利转正。只是由于家庭拖累，加上年纪稍大，暂时未找到意中人，也是憾事。

父辈友情的大树总是容易长出浓荫。打小我就与表叔亲。记得小时，我和哥哥每次头发长了，母亲总是说："头发这么长，像个贼样，去去去，到表叔那去，把头发剃了。"我总是要问一下是进慧表叔还是进琴表叔在家——进琴表叔手艺不是很高，剪后颈窝疼得要命。若是进慧表叔在，便欢呼雀跃——进慧表叔剪头，不仅后颈窝不疼，剪完，表叔还会把狗脑瓜拍拍，给个糖，说，好了，洗澡去吧，便一路飞跑着跳到大井洗澡去了。

初一下学期，表叔从保昌中学调到大路铺镇中学，我也从红旗中学转到大路铺中学。我在 29 班，他任隔壁 31 班的班主任，算起来是我的老师，不过，没有教过我，但我这个表侄没少给他这个表叔老师"长脸"。初中时候的我是我们学校的"奇葩"。那时候的我，人小个小，调皮劲不小。上课从来不记笔记，下课不做作业，语文、历史出奇的好，外语、数学出奇地烂，班上所有调皮捣蛋的事都有我的影子，老师、老百姓的菜地以及学校的果树，是我和哥哥等班上捣蛋鬼的乐园。下晚自习后，我们躲在教室里，烧起酒精锅，拿从老师和周边农民菜地偷来的菜煮面吃。记得有一年国庆，我和哥哥谎称守校，夜晚把学校食堂劫掠一空，把校长挂在外面的香肠取了一截，扎扎实实地过了一回"祥和的、快乐的、有意义的"国庆。初三的几个晚上，同学们都在教室里自习，我却一个人"呼呼呼"地爬到一棵梨树上，躲在树上偷梨子吃。不过由于所在的班是个烂班，我的成绩倒也从未跌出前三名。记得有一回考试，表叔监考，我向来就信奉做得出就考，做不出就交卷，多坐无益。一连几场，都是交卷第一，让表叔睁大了眼睛，拿过卷子一看，却很一般。后来好几次和父亲喝酒，表叔谈到："我以为唐友冰读书蛮狠（厉害）的咯，一领到卷子，刷刷刷的几下，总是第一个交卷，谁知道却很一般。"一副恨铁不成钢的样子。还有一次，晚上熄灯以后，我还和几个同学讲小话，被教导主任从被窝里抓起来，穿着一条短裤衩，站到十一点钟。后来表叔巡夜，看到我这个"光荣"的表侄，穿着一条裤衩，抱着手，抖抖索索地站在操场，像一条可怜的虾子，问明情况，忙向教导主任说了情，终于批准让我回到寝室睡觉。

对于表叔的才华，年少轻狂的我也曾经历了一个从不以为然到心底佩服的过程。表叔当过代课老师，却似乎和那些自命不凡、自以为是的半桶子水的民办老师不一样。作为一个老高中生，他是有古文功底的。他常常说，女孩出嫁，农村的民办老师常写的横批是"之子于归"，可是如果要问这个横批什么意思，每个字是什么意思，起什么作用，却常常答不出来，这种一知半解的教学是要误人子弟的。记得在我读初三的时候，村里有一个青年结婚，一大早就把红纸拿过来了，我在灶台烧火，父亲拿了一支笔，在那里苦思冥想，凑对子。恰好表叔上来，父亲故作谦虚地说："进慧，你来，你毛笔字写得好，我是多年不写了，你来写。"表叔客气了一下，见推不脱，知道父亲是想要考一下自己了，便爽快地说："好，要得，写就写。"于是，父亲裁纸，表叔拿起毛笔一挥而就："欣结秦晋盟，共赋关雎诗。"我心里暗暗叫好——端庄、大气，那龙飞凤舞的毛笔字不知比父亲的手写体高了多少倍。忽然，父亲说了一句："糟了。"表叔说："怎么了？"父亲说："多折了一个格子，怎么办？"只见表叔略一思忖，在右边添了一个"好"字，左边添了一个"余"字。父亲念道："欣结秦晋盟好，共赋关雎诗余。"补得天衣无缝。那一下，真让我的心佩服得跌到尘埃里了。两老表拿着对联，高高兴兴地喝酒、坐上席去了。

读高中以后，父亲和母亲终日为我们兄弟俩的学费、生活费奔波，向表叔借钱是常有的事。他从来没有含糊过，表叔是我们家冬天的炉火。

读大学以后，我和表叔的关系似乎变得平等起来。表叔性格豁达、豪爽，爱喝酒，更喜欢猜拳，我们几个表侄常常喜欢和他没大没小地闹。记得有一回，在大舅家喝酒，分两边猜拳打半边，从早上喝到下午，别人都散的散了，醉的醉了，只剩下家武表哥和我，俩老表一边，和表叔喊拳。表叔年纪毕竟大些，再加上好汉难敌双拳，喝得面红耳赤，舌头打结，连说："不——不——不来了！"我和表哥不依，非要他写降表，他无论如何不肯。后来，他高声喊道，拿笔来，拿纸来！拿起笔，在上面一挥而就："两表侄大战一表叔，降！"

尽欢。

踉跄而散。

第二天，母亲骂我和表哥俩老表没大没小。表叔哈哈大笑："多年叔侄如兄弟。没事没事。"

表叔后来当了大路铺镇中学的校长、区学区主任，讨了一个比他小二十岁的女老师做老婆，生了一个聪明伶俐的女儿，如今女儿大学毕业在广东找到一个好工作。老两口十多年前在大路铺镇中学旁砌了一幢房子，夫妻恩爱，晚景堪称幸福。

炳堂叔

读大学以后，父亲开始让我独自去给亲戚朋友拜年了。

以前拜年，要么是父亲带着我，要么是我和哥哥一块去。我原是一个羞涩而腼腆的少年，在家里一切都听父亲的安排；在学校，学费也不敢独自去交，也从来不敢和女生讲话，我的一切外交工作都由哥哥完成，我只负责做一个学习优秀的乖孩子。哥哥是我的"国务院总理""外交部长"与"新闻发言人"。在家里，父亲是我的保护伞；在外面，哥哥是我的保护人，是我另外的"两个手臂"。

父亲之所以开始让我独自出去给亲朋好友拜年，一方面是因为读大学即是成年，独自到外面活动，可以增加些历练，改变我太过腼腆的性格；另一方面，到亲戚朋友间走动，可以多懂得些人情世故、人情冷暖。

第一次独自拜年的第一个亲戚是炳堂叔，他是父亲的一个朋友。说是朋友，也并不确切，炳堂叔似乎还当了一下父亲的徒弟。因为经历相似——炳堂叔也是先当了一下民办老师，后来改行当了砌匠，所以父亲和炳堂叔走得很近。逢年过节，都走动一下，便成了好朋友。

　　父亲当过民办老师，后来改行当了砌匠，他的朋友中当过民办老师的不少，做砌匠的也不少。炳堂叔是父亲的朋友中唯一一个当过民办老师又当了砌匠的人，与父亲最知心。

　　炳堂叔是我们村上面黑山口村人，那时也就 40 多岁吧，身材微胖，有一张弥勒佛般永远都在笑的笑脸。他们村在我们村上面约 10 公里，走路一个半小时即到，不远。

　　江南的正月总是那么的阴雨连绵。我披着雨衣，踩着单车，顶着寒风，冒着斜雨，向黑山口村踩去。毕竟是单车，走路一个半小时，骑单车 40 分钟就到了。

　　炳堂叔家我以前没去过。父亲说住在村礼堂前的巷子里。一路问进去，转过两个门楼，左边一幢青砖黑瓦的大瓦房就是。问清楚了，我打了一挂鞭炮，炳堂叔笑吟吟地出来，接过我那装了几个糍粑、一块腊肉的尼龙袋，迎进屋来。

　　屋里的光线有些暗——凡是在村中间的房子都是暗的，加上住的年代有些久了，天天烟熏火燎得瓦黑窗黑墙黑屋顶黑，眼睛要好一阵才能适应。

　　房子是五间堂，中间的堂屋是共同的，东边的两间归了炳堂叔的叔叔，西边的两间归了炳堂叔这一家。

　　火塘坐了几个人，我和他们打招呼。一个有反应，却只是咧开嘴巴"啊啊啊"地说不出声；一个叼旱烟竿的没反应，只管自顾自地"呀呀呀"地大喊大叫；一个正常反应，笑嘻嘻地打了招呼，递了根烟。

　　看我疑惑的眼神，炳堂叔解释说，说不出声的是他的大弟，是个哑巴；叼旱烟袋的是他的二弟，是个智障者；笑嘻嘻地和我打招呼的是他的外甥。

晚饭是梧州瑶族人待客常煮的腊肉和酿豆腐，还炒了一盘新鲜猪肝——这已经是对我这个大学生的最高礼遇了。都不是爱喝酒的人，炳堂叔劝过几杯，便不再劝酒了，大家吃饭。

晚饭后，我们围着火塘边烤火。火炉里的老茶树蔸巴忽明忽暗地烧着，我和炳堂叔有一句没一句地拉扯着，蹿动的火苗照着炳堂叔那如弥勒佛般的笑脸，关于他的故事如电影般地过着，竟使我的思绪如火苗般地飘忽与恍惚……

听父亲说，他年轻时曾经当过一段时间的民办老师——那几乎是那个时代摆脱农门的唯一路径（还有一个路径就是当兵）。如果生活就一直那么的一马平川的话，他至少可以安安稳稳地当一个民办老师——民办老师也不错，那可是农村女孩的抢手货，在地方上有头有脸。如果运气好的话，还可以转正，虽然很难，但毕竟也有好多人转正了。他是那种有着弥勒佛般笑脸的人，那可是拉选票和赢得上面领导好感的神器。可是谁能想到，他的命运会被一张报纸改变，或者说一张报纸会把他的命运之舟彻底掀翻、打烂，变成一些四散飘零的烂船板呢。

那是1966年吧。刚刚下课回到办公室的他一时手痒，拿起毛笔，在一张报纸上写了四个大字"打倒老蒋"，这也是那个一切都强调政治正确的时代的流行口号，不过是"老蒋"排得上了一点，"打倒"排得下了一点，写完便睡觉去了。过了几天，公社来了几个干部，一索子把他捆起，带到"革委会"去。"革委会"主任一声大喝："余炳堂，你这个现行'反革命'！你好大的狗胆，竟敢写'反标'。"他开始还嘴硬，说从来没有写过"反标"。那"革委会"主任说："还不承认？你看看，这是什么东西？"拿出那天写了字的报纸，往桌子上一拍，骂道："你写了什么？你写的是：老蒋——打倒——毛主席……"他心里听着，暗暗叫苦。原来，那四个字的下面是一篇新闻,正好有"毛主席"几个字,知道被人陷害(后来才知道,那是他最好的一个朋友告发的,朋友的转正大业需要最好的朋友的鲜血铺垫),他不由腿肚子发软,叫天天不应,喊地地不灵,有什么办法呢?

"五一六呀五一六,这个日子我最熟。这个日子别人笑,这个日子我来哭。"好多年以后,说到"五一六"这个刻骨铭心的日子,他好多次念起这首他在日记本上写的诗。是的,命运啊命运!命运是一只什么样的大手,把一个风华正茂的青年变成一个身陷囹圄的囚犯,最后变成一个木讷老实的砌匠。在我们那个没有大地主、大富农的穷乡僻壤,好不容易冒出一个现行"反革命",好不容易抓到的一个阶级斗争的新动向,那帮当权的怎肯放过?

从此,他就从一个民办老师变成了一个现行"反革命"。每次批斗游街,戴上高帽子,挂起牌子,反剪起双手,拉出来就是。他那天生长着弥勒佛般的笑脸,对于人生对于拉选票本来是好事,现在却是雪上加霜的砒霜——无论在台上被斗得多惨,多么龇牙咧嘴,台下却只是看着他在笑。台下的观众喊道:"余炳堂死不认罪!""打倒余炳堂!""打倒反革命!"那口号喊得愈发响亮,那绳索便勒得更紧,那些造反派下手下得更狠。跌倒了又拽起来,跌倒了又拽起来,还要加上两脚。可怜他的二弟,被生生吓成癫子——在那种高压环境和恐怖场面下,不吓癫才怪。后来,他被判了现行"反革命",在湖南省第三监狱坐了几年牢——省第三监狱就在我参加工作后的小城的区委、区政府的后面。

出狱后,民办老师自然是没有当的了,老婆也讨不到。是啊,谁肯嫁一个出身不好的老现行"反革命"呢?三兄弟,没有一个讨到老婆——一个时代的悲剧,落到个人身上,尤为显出人生的悲凉。

三个老光棍,一家愁苦人。

烤了一会儿火,喝了几杯茶,我起身告辞。炳堂叔没有强留,我连夜踩着单车冒着寒风赶了回去。

后来，炳堂叔的家里我没有再去过。他倒是经常来，每年的寒暑假都能见面。他和父亲谈农事，谈他们当民办老师的往事，谈砌房子的趣事。我坐在旁边，饶有兴味地听着。作为一个从农村考取大学的寒门子弟，他们以为我是一只跳出龙门的鲤鱼了。少年心性的我也以一条鲤鱼自许，对那原来生长鲤鱼的鱼塘竟似有了一些小小的距离。

大学毕业后，我被分配到小城工作。逢年过节，遇到炳堂叔，他总是说："我要到零陵玩。"我总是说："好的，好的！"却并不当真——这是中国人的客套话，正如说请你到他那吃饭之类的，听听就可以了，千万别当真。谁想到炳堂叔和父亲竟真的到零陵了。是1994年还是1995年的夏天，那时我还是一条丧家之犬——没有成家，在外面租了一间房子，全部家当只有一张桌子、一个箱子、一个高压锅、一个炒菜锅、一个小电风扇、一张钢丝床、几套碗筷而已。

吃倒简单，自己买自己煮，住就难了。我和父亲睡钢丝床——两爷崽各睡半边床，脚搭到凳子上。他睡地铺——好在天气热，农村出来的人吃得苦，无所谓。第二天上午，我陪他们逛了一下柳子庙、文庙、武庙。下午，我去上班，让他们独自逛去了。下班回来，我问他们到哪逛去了，炳堂叔笑呵呵地说："我们到了三监狱、回龙塔、徐家井、南门。"——我才反应过来，零陵原来他是熟悉的。晚上喝酒的时候，我问他对零陵的印象怎样？他怔了一下说："以前记得三监狱的围墙和电网好像蛮高的，现在怎么看起来好像矮些了。"我开玩笑说："是不是因为周边建筑起得高大些了，所以围墙显得矮些了？"他没有作声。

炳堂叔看出我的窘迫，只玩了一天，住了两个晚上，就和父亲回家了。

结婚以后，回家的次数少了，见到炳堂叔的机会更少。从父亲、母亲的嘴里零零散散地知道一些他的消息。正如沈从文给张兆和写的情书里说的："给乡下人喝杯甜酒吧。"炳堂叔在50多岁的时候终于喝上了一杯甜酒。邻村的一位40多岁的妇女死了老公，经人撮合，两人结了婚，还带了一个已经读小学的儿子过来。那真是一件多好的事。他对女人是实打实的疼，女人对他是实打实的好，让儿子也跟着改了余姓。父亲说："古有姜太公，七十当新郎；今有余炳堂，六十当新郎。真是一大佳话！"枯木逢春，老干新枝。炳堂叔一天到晚笑哈哈的，我们都打心眼里为炳堂叔高兴。

可是命运就是生活给人挖下的陷阱，尽管你小心翼翼，却不知道它什么时候出现，掉了下去，无法挽回。炳堂叔和和美美的日子没过多久，原来看起来很结实的身体却一下子垮了下来。母亲说，这是由于年轻时吃苦太多，身体太过劳损的缘故。中年看不出，年纪稍大，就会爆发出来。他得了心脏病，全身水肿。到县医院住了一段时间，感觉好些了。从医院出来，经过我们村，到我家住了一晚。他和父亲说："要是有空，再到零陵去玩一次就好了。"父亲笑着说："等你身体好了，再去。"第二天，炳堂叔就回去了。

回家的第二天，他去犁田，那老牛居然猛然间一下跌倒。在农村，这可不是好兆头！心急火燎的他急匆匆赶回去，想请人帮着把牛抬回来。回到家里，心脏病发作，一下倒在床上。

牛好了。

炳堂叔却死了。

家武表哥

那一年的六月，知了在杨柳的梢头叫得正欢，烤烟黄了，稻子熟了，家武表哥从江华一中回来了。

木箱还是 3 年前的那个木箱，虾弓背还是 3 年前的那个虾弓背，只是清瘦的脸上多了一副厚厚的眼镜。

村里的人碰到，问："考得怎么样？"他没头没脑地答一句："成者为王，败者为寇。"话传到父亲那里，父亲说："没戏。"

高中苦读 3 年，他连高考的边都没挨着——预考都没过。到家，舅舅一巴掌划过去，他眼镜被打落。

在家睡了两天。第三天，跟在舅舅、舅妈后面去劳动。一个暑假下来，除了两个眼珠是白的，一身都是黑的。

去复读？舅妈的身体病快快，从早到晚"咳咳咳"，像台烂风车，买药都没钱，高中那三年一家人是硬撑着供了 3 年。村里人说，家武这辈子，皮鞋穿不成，草鞋穿定了。

那一年的暑假，中心校的何兴茂校长和几个老师下来，在村边碰到母亲，说是到隔壁的松木园村请一个江华二中毕业的去当民办老师。母亲的脑子好用，说："我外家侄子莫家武也是今年毕业，还是江华一中的呢。这样，晚上就到我哥哥家喝酒。"父亲和何校长的关系极好。

母亲抓了一只鸡回去，舅舅砍了几斤猪肉，敲了几个蛋，炒了一盘花生米，父亲作陪，请何校长和中心校的老师、村干部一起吃了餐饭。第二天，表哥当民办老师去了。

民办老师工资虽然低，但不管怎样，还是那个时代吃国家粮的这个阶层透向农村的一条缝，万一这条缝成了大门，转正了呢？再说，当民办老师不也挺好的吗？不耽误种田种地，一个月还有几十块钱，多好的事！农村红白喜事少不了别人来求你写对联，拿两副对联可坐上席。还有，到学生家去家访，哪个家长不是好吃好喝地待着，当民办老师也蛮好。

那时候，我正在读初中，从父亲和村里人的口水星子里零零碎碎地知道一些他当民办老师的情况。他高考失败是因为严重偏科，预考除语文很好之外，数学、英语都只打了三四十分。他毛笔字写得不好，却也不肯练——那可是农村里当民办老师的必杀技，有一手漂亮的毛笔字，到哪里都是红白喜事的座上宾。村里有办红白喜事的找他写对联，他只是很客气地推辞，说写不好。写了，歪歪扭扭。他说，那才叫生动活泼呢。终于，不再有人请。叫那些老先生怪异的是，他竟然敢教班上的学生跳舞——一种集体舞，学生很欢迎，但家长们有一些议论。他屋子里的煤油灯经常亮到深夜一两点，为此没少被舅舅、舅妈埋怨——煤油贵着呢。他的婚事也是大家议论的焦点。读高中，舅舅怕他考不上大学，在隔壁村子订了一门亲，别别扭扭地走了三年。女方原来怕他考取大学不要她，如今回来当民办老师，她开始嫌他了，后来悔了婚——这是那个时代常有的很老套的故事，可是轮到自己当主角就发现不老套了。总而言之，他这民办老师当得有一些另类，生活的基调有一些灰。

　　读高中以后，和表哥的交往开始多起来。他比我大七八岁，照理应该没什么交集，主要是因为农村寒暑假，白天无人可说，晚上无处可去，表哥那儿至少文化氛围浓一些。那是透过农村寂寞、单调的夜晚的一道小小的光，光里逐渐有了我们共同的影子。那时，我是江华一中"山泉文学社"的社员，他是老会员。他读高中时课偏得厉害，语文特别好，数学、英语特别差——这在高考制度下是注定没有结果的。他读高中时已经开始诗歌创作，给自己取了一个小小的笔名"斑河"——斑河就是我们村南面笔架山脚下的一条小河，泥鳅、鱼虾和螃蟹极多，冬天河水好像一条线，春夏涨水时像一条蛇，浑水乱窜。他讲江华一中那些老师的典故，讲怎么晚自习偷偷溜出去看电影，讲怎么和女同学跳舞。这对我这种循规蹈矩的学生来说就充满了无限的乐趣，虽不能做，想一下也是好的。他还给我看那些写在小本子上的密密麻麻的诗歌——我们村里人绝对没有想到，一个和他们看起来一样有头有脑有鼻子有头发的人，一个和他们一样拿锄头把的人，居然会是诗人，或者说，在他们中间会有一个诗人。

有一个晚上，他给我看一首诗，内容忘了，只有一句，我还记得："暗夜里／我的脚／在肯定与否定中／辗转反侧。"问我什么意思。那时是朦胧诗、象征主义如野草般蓬勃生长，舒婷、北岛、顾城是全民偶像的时代。我那时只能说是作文还尚可，但那只是一门功课，对于诗歌、对于文学我还不懂。那只是文学的一点小小的胚芽，离种子都还远，更别说要长成草、长成树、结成果。

我说，我不知道。

他说，这是表现晚上睡不着觉，身子辗转反侧，翻过来滚过去的意思。

我大为骇异，诗歌还有这么写的吗？

接着他给我谈了象征主义的几种手法以及一些隐喻的意义，比如月亮、花代表女人，太阳、弓箭代表男人等等。

我更糊涂。

他是夜莺，在暗夜里歌唱。

他需要倾诉，可惜没人听得懂。

我只是他的一个不合格的听众。

1988 年，我到武汉读大学，和表哥通过几回信。寒暑假回去，断断续续地知道他的一些情况。他联络了几个文学青年，创立了一个文学社，出了一个油印刊物，已经出了好多期。而且，他的诗歌创作也突飞猛进，有好几首诗发表到了《绿洲》《星星》等刊物，在江华，俨然已经是小有名气的诗人。他在地区的机关报也发了几篇为当地乡镇写的通讯稿。20 世纪的 80 年代，思想自由，文学神圣，文学也不断创造一个基层或体制外的文学青年只是发表了一部小说、一首诗歌乃至一篇通讯稿就调到机关或进入体制内的神话，一切似乎都明朗起来。

可是，好景不长。

1989年"六四"事件后，许多文学社团宣布被取缔，他们的那个小文学社也一样被取缔了。这于他是一个重大的打击。他给我来信说了一些文学社被取缔的情况，似乎还赔了不少酒钱，才让整个事件得到了结。其后，邓小平南方讲话，东风劲吹，下海、打工成为新时尚，一帮文学青年终于风流云散。

我不知道这件事对他意味着什么，好像从此之后我们很少谈文学了。文学是梦想，生活才是现实：舅舅、舅妈年纪大了，做不得事，田里、地上的事一刻都耽误不得；自己年纪大了，要讨老婆；讨老婆要生儿育女；儿女大了，又要上学——再说，还要转正。佛祖说得好："人生就是受苦。"故乡这方水土土地肥沃，可以长出稻子、长出白菜、长出小麦，却长不出一个诗人。

后来参加工作，我在职场熬，他在讲台教，娶妻、生子、转正，忙着乡村教师该忙的一切。回到家我还是喜欢往表哥家跑，看他犁田、锄地、砍柴，与他喝酒、喊拳、发酒疯。我们都小心翼翼地避开文学这个话题。那是我们青春飞扬的过去，哪怕如今生活再凡俗，她曾经点亮我们的青春。

去年回老家拜年，哥俩喝酒时，我无意中说到市里一位领导文友，原来和他一起搞创作的，问起他的近况。还问："你表哥还搞不搞创作了？当年他的一些诗歌很有些名气的哦。"

表哥怔了一下，微笑着说："不谈！不谈！喝酒！喝酒！"

"嘭嘭。"两杯米酒下去。

是啊，人生就是一杯酒，管它是苦是甜，无非就是喝下去。

像一片落叶般飘过村庄

人生啊人生/落叶敲打着落叶/雨点追逐着雨点……

——骆一禾

其实，这村庄就是一棵树，每个人都是树上的一片叶子。

有的叶子，长得好一些。他们靠近阳光，被雨露滋润得青翠欲滴。

有的叶子，总是长得那么瘦弱。他们很少晒到阳光，甚至生命里根本没有光，长得枯黄萎靡。

每一个村庄的老单身公就是这棵树上最卑贱的树叶。

他们像一片落叶般飘过村庄，无声无息。

有几个老单身公的身影，在我脑海里刻下了雕刀般的印记。

王财盛

王财盛的身上总是散发出一股隐隐的鬼气。

王财盛的个子矮矮的，背弓弓的。他的手总是笼在袖子里，嘴里总是叼着根竹烟杆，烟杆上套一个小旱烟袋，就像一根矮树桩旁斜伸出一根冒烟的小树枝。

别看王财盛整天总是袖着两个手，嘴里叼着根烟管闲逛，但他有一样别人都没有的本事，那就是"看鬼"。

据说，王财盛的老爷子是会"法"的，而且"法术"十分了得。听老人说，我们村的人跟他到神峒等地方看戏，只要他用布蒙住你的眼睛，背起你，喊一声"起"，只听得耳边风"呼呼呼"地吹，一会儿就到。还据说他的法术只有夜晚灵验，但只要天亮，鸡一叫，法术就会破了，不灵了。对于法术这类无稽之谈，小时候我是将信将疑，大了就压根不信了。我想，大约是像《水浒传》里神行太保戴宗那样的会一些轻功，跑得快些吧。至于把别人的眼睛蒙上，还有法术只有夜晚才灵等传说，那不过是故弄玄虚，以便神乎其技罢了。

王老爷子传说中神乎其神的法术的功劳就是挣下了一幢五间的青砖瓦房，就在我们下村大秧田到村小的路边。那屋顶长着乱蓬蓬的野草，墙基长着毛茸茸的青苔，阴森森的，我从来没敢进去过。

民谚"艺高伤人。"说的是手段太高强、城府太深的人不是伤及自己就是祸及子孙。王老太爷的两个儿子，一个叫王财盛，一个叫王财发，就远不如乃父了。俩兄弟都是老单身。那王财盛只知道看鬼，这且不提。那王财发是个篾匠，一天到晚不超过三句话，左邻右舍，哪个家里缺了箩筐、簸箕、篮子、粪箕，到山上砍几根竹子下来，往他那院子里一丢，说做个箩筐，做个簸箕，做个篮子，做个粪箕，那老篾匠便闷声不响地做起。做好了，有钱的给个三五角，没钱的量个二三升米，便准数。

俗话说："哪年不死几个老头子。"王财发做篾匠发不了财，却也能将就过日子，却不如王财盛看鬼的生意好。方圆几个村，哪年不死几个人呢？死了人就有可能做鬼。刚死的人，阳气大；横死的人，如吊颈、溺水、喝农药、被车撞死的人，冤屈多，更有可能成为"厉鬼"；也有那对老人不孝的，心里有鬼，总疑神老人会回来作祟；还有那得了伤风感冒、拉肚子，甚至不治之症的，看医生舍不得，看鬼却舍得，往往请了王财盛去看鬼。那平时穿一身烂布衣、烂棉袍的王财盛便换了一身烂道袍，手里拿了法器，到主家那捉鬼去了。

那王财盛到主家，先把大门关紧，用黄表纸把门窗全贴上纸符，烧上纸，点上香。口中"呢呢喃喃"念念有词，好像是要请玉皇大帝、太上老君、九天神女下来，又好像在安慰那鬼，更好像是在恐吓那鬼。一会儿大叫一声："我看到了，往哪儿跑?!"嘴里一阵符水猛喷，把那主人或病人吓得汗毛直竖。嘴里一阵符水喷去，手中的法器猛地一掷。若那法器有"血"，便是杀死了这鬼；若这法器没有"血"，说明这鬼法力实在高强，还要再跳一段时间，请法力更高强的神仙帮忙，只要见"血"才是。看完鬼，主家便要好酒好肉地招待着，吃饱喝足，便拿着主家封的一点小礼，提着一只大红公鸡，和主家千嘱咐万叮咛几句，便走了。若好了，那是王财盛看鬼厉害的盛名，又多了一次宣扬；若不好，主家也不在意，下回再看或另请法术更高强的来看鬼便是。

王财盛与王财发俩兄弟日子过得逍遥，又住着王老太爷留下的大青砖瓦房，过得好是好。可青砖瓦房在那个时代却是原罪，加上王财盛爱看鬼，那就是封建迷信，历次运动都是活靶子，拉过来就是。不过由于王财盛会看鬼，革命群众心里有些忌惮——万一那王财盛背后使一些法术，使一些阴招，自己家会遭殃，那岂不糟糕？所以倒也没吃什么苦头，只是讨老婆是万万不能的了。一到晚上，俩兄弟床板压得咯咯响。

王财盛看鬼水平高不高我不知道，可王财盛讲鬼故事我们着实爱听。那时候的冬天总比现在冷，北风刀子般，呼呼地刮；雪鹅毛般，到处撒。大白天，大人出工去了，我们小孩子缩在家里，围着火塘烤火。几个松树蔸巴，一饼油茶枯便是一天。弄几个红薯放火里煨，若能偷点黄豆、花生煨着吃，那就太来米米（更好）了。王财盛爱往我们小屁眼堆里钻——一个老光棍，家里冷火冰浸，自然是哪里人多，哪里就是火炉。我们经常逗他："王财盛，王财盛，你看，我们屋里有不有鬼?"那王财盛把那旱烟"啵啵啵"地吸着，一团烟雾缭绕。许久，把烟灰敲几下。又装上一袋烟，

"啵啵啵"地猛吸几口，半眯着眼睛，说："大白天，哪里有鬼?""真的没有?"我们问道。"真的没有。"隔一会儿，我们又问他："王财盛，你看我们屋里有没有鬼?"那王财盛会猛然间神色一凛，精光四射："你们看到没有? 那鬼进来了，一身白衣服，从窗子进来了! 到堂屋了! 进——门了! 你看! 你看!"吓得我们大气不敢出。"你看，你看，到了你们身后了!"我们头发都竖起来，只听得大家的心"嘭嘭嘭"地跳，却不敢往身后望。"求——求——求您把它赶走吧!"我们声音颤抖。"走了! 走了! 我把他赶走了!"好久好久，小伙伴们的脸才恢复正常，那"嘭嘭嘭"跳的小心脏才平下来。

我们还会缠着王财盛讲一些鬼故事。他总说，没有新的，都讲过了。我们便嚷道："没有新的，老的也行。"他会说："老的都讲过了，没有味道。"我们便会从火堆中扒出几颗黄豆或花生，把灰拍拍，拿给他。"讲几个。"这时他会把烟杆拿开，吃几颗黄豆，剥几颗花生，抽几口烟，敲几下烟杆头，讲起鬼故事来："从前有个人，夜晚赶夜路。天好黑，没有月亮，连星星都没有，总觉得有个鬼跟着他，'叭哒——叭哒——叭哒'，他快那鬼也快，他慢那鬼也慢。他怕极了，索性呼呼呼地跑起来，那鬼也呼呼呼地追起来，一直跑到有亮光的地方才敢停下来，那鬼也不见了，没有声音了。第二天，他和村里人讲，我昨天晚上碰到鬼了，那鬼太厉害了，我慢鬼也慢，我快鬼也快，我跑鬼也跑。村里人听了，笑得前仰后合，说，那鬼是你自己的响声啊。那人才恍然大悟。"我们便嚷嚷道："讲过的，不过瘾，不过瘾，讲个吓人的。"那王财盛"啵啵啵"地抽几口烟，敲出烟屎。又上一斗旱烟，用火屎点亮，"啵啵啵"地猛吸几口。烟在喉咙里回几下，才缓缓地从鼻孔里吐出来，猛咳一阵，吐几口浓痰出来，才又讲道："从前有个人，到野猪桥(村名，在我们牛角湾村后面)做客，多喝了几杯，主人家硬留不住，从火堂扯了一根柴火头，边甩边回去。一路天黑漆漆的，北风呼呼地刮着，两边树林里鬼影幢幢，不时有乌鸦'嘎'地叫一声，又'嘎——嘎——嘎'地飞到别处去了。这人的酒早吓醒了，想倒回去，又怕主人笑，只好借着甩柴火头的亮光跌跌撞撞地往回赶。到凉亭时，忽然看见前面一个白影，一会儿高，一会儿低，一会儿在前面，一会儿似乎在后面。"那王财盛把话停下，我们的汗毛竖起来。"那人知道遇见鬼了，掏出家伙，撒了一泡热尿。可是，没有用，那鬼还是一会儿高，一会儿低，一会儿前，一会儿后地跟着。那人知道躲不过了，索性让那鬼在后面跟着，猛地一回头，往回吐泡口水，一抹印堂，骂道：'你这个狗日的野鬼！我日你老母亲个大××！你敢吓老子！老子打死你打死你打死你！'猛冲过去！那鬼大叫一声：'你这人好恶！你这人好恶！我吓你不倒！我怕你了！''嗖'地一下没了踪影。"我们不由大笑起来。

那王财盛的鬼故事，无非就是人要多做善事才能不变鬼、鬼怕恶人之类的，百听不厌。白天不觉得怕，夜晚睡觉就要用被子蒙着脑壳睡，唯恐那鬼从房顶、窗子飘进来。

晚上，王财盛早早地把饭吃了，到别人家蹭火烤。王财盛进别人家就像鬼一样，没听见声响就进来了。他的位置永远在火堂最靠里的那一角，烟熏火燎。大人们讲话，天上地下，村里村外，自家、别人，无话不谈。王财盛插不上什么话，只是"啵啵啵"地抽旱烟。大人们有时也会拿他开玩笑，说："王财盛，你看我们这屋里有不有鬼？"王财盛笑嘻嘻地："这屋里这么多人，哪里有鬼？""真的没有？""没有。"我们想听王财盛讲鬼故事，便说："王财盛，讲个鬼故事。"大人便会呵斥道："大夜晚的，讲什么鬼故事！"女人便骂道："夜晚小孩哭就怪你。"那王财盛便讪讪道："那是，那是。"再坐一会儿，便悄无声息地走了，到另外一户人家蹭火烤或回自己那冷火冰浸的屋里去了。

在我上小学四年级以后，学校开始设自然科。老师说，要相信科学，破除迷信，世界上是没有鬼的。我不再相信王财盛的鬼故事了。有时在村头巷尾碰到，我会故意问："王财盛，你看我后面有不有鬼？"不待他回答，我会骄傲地告诉他："老师讲了，世界上根本没有鬼，那都是封建迷信骗人。"他只是讪讪地笑。冬天，他还是一如既往地到处蹭火烤，一如既往地鬼一般地飘进来，缩在角落里"啵啵啵"地抽旱烟。我会突然问道："王财盛，你看我身后有不有鬼？"他还是那么讪讪地笑着说："大白天，哪里有什么鬼哟！"我猛地把他打断："世界上根本没有鬼，都是骗人的。"他还是那么讪讪地笑笑，"啵啵啵"地抽几斗烟，悄无声息地溜出去，到别人家蹭火烤或回自己那冷火冰浸的屋里去了。

后来，读初中、高中、大学，每次回家，有时我在路上碰到王财盛，都好像不认识般，看着他默默走过，只觉得那矮树桩是愈长愈缩，渐渐地像一个萎缩的叹号，终至于缩成一个小小的点，缩到泥土里去了。

听母亲说，王财盛已于 20 世纪 90 年代去世，葬在我们村常埋横死人的大石塘尾，如今已 20 多年了。

那王财盛应该从来没有出来做鬼吧？

愿他在地下安息。

牛崽叔

牛崽叔是我们村对面松树岭那边山脚下的塘仔坪村的人。

塘仔坪村子不大，百来户人家，何姓居多（牛崽叔大约也姓何吧），房子像鸟窝一样，沿着山脚摆开，东边一个，西边一个。

这松树岭其实是我们村南面笔架山旁斜伸出的一座土岭，岭上长满松树，故叫松树岭。一年四季，翠峰如簇。清明的时候，在那万绿丛中会长出一丛丛红红的杜鹃，格外的艳丽。松树岭的这一头的山脚是我们村牛角湾，另一头的山脚是塘仔坪。两个村说起来只隔一座山，走起来却很远。从我们村出发，走过松木园、虎山下两个村，一个栽满水稻的田峒缓缓地展开，一条如蛇般的小河顺着田峒蜿蜒而去。河叫斑河——就是我们村南面笔架山脚下的斑河。河中有一个河坝，若是涨水，须脱下鞋袜，扎起裤脚才能淌过。过完河坝，再走过一大段弯弯曲曲、高低不平的田埂路，便看见几株入云古樟森然耸立——塘仔坪村已经隐隐在望。再紧走几步，塘仔坪村便到了。

牛崽叔和我们家的关系，就像一根老藤那么长。听父亲说，我的爷爷和牛崽叔的父亲是一块儿砌房子的砌匠，脾气相投，走起了"伙计"（梧州瑶族人玩得好的朋友走亲戚，过年过节相互都要拜一下）。老一辈走完了，年轻人丢不开继续走，算起来是祖孙三代的感情了。用一句文绉绉的话来讲，可谓"世交"。

民谚："大人望种田，小嘎崽望拜年"（因为拜年有挂挂钱）。可我却不是很喜欢到牛崽叔那拜年的（牛崽叔是我们叫的，父亲、伯父叫他"牛脑壳"。梧州瑶族人讲一个人脑壳不转弯，骂"牛脑壳"）。一方面是因为远，每次过斑河的河坝都要脱鞋，回来还要顶着北风、打着手电赶夜路，提心吊胆地让喝得踉踉跄跄的父亲背过去。另外一方面是牛崽叔的屋子黑，虽然是五间青砖瓦房，却在村中间，极不采光，地上总有些湿，白天就像夜的黑。还有就是牛崽叔家不太卫生，碗筷总是洗不干净。母亲说，牛崽叔家的腊肉好像从来没有洗干净过一样。

因为牛崽叔是个单身公，没有老婆。

大凡青砖瓦房总有一些沉淀已久的故事，有些像背阴的青苔。牛崽叔的父亲做砌匠，1949 年前累死累活挣下了一座青砖瓦房，1949 年后自然挣下了一顶富农的帽子，成为历次运动的主角。听说，牛崽叔还有一个哥哥，在"文革"中被贫下中农造反派砍掉，只剩下母子俩人。

我读小学的时候，牛崽叔的母亲（我们叫奶奶）还在，那是一个没有什么话说的小脚老太太，永远穿一件黑色的袍子。牛崽叔呢，永远穿一件青色的家织布服，一个黑色，一个青色，配着黑色的屋子，生活每天就像放一部无声的黑白电影。

无声电影的基调大体都是寒凉。

牛崽叔的脑壳转不转弯我不知道，但他对我们这些小皮球却是极好的。那时候的日子总是过得慢而寡淡，就像没有放盐的水，偶尔放两部电影，过年唱一下戏，就算给这水放盐了。塘仔坪村隔壁的村叫大斗。大斗是大村，有个大礼堂，放电影、唱戏是极好的。一到放电影、唱戏，周围几十里的人都会去看。牛崽叔会出来找我们这些小屁眼，一个个地找到，拉到家里去，吃了香喷喷的腊肉之后，再端着凳子去看电影、看戏，那比拿个马郎古（石头）、找个断砖头做凳子的感觉好得多。有时，那小脚老太太也会出来找我们，小脚一颠一颠的。

牛崽叔也经常过来玩。正月里，客人总是很多，牛崽叔也会到我们家住一两天。牛崽叔爱喝两杯，但酒量不是很大。喝两杯后，父亲、伯父陪着客人继续猜枚，牛崽叔挤到火堂烤火。

"唱两个！"牛崽叔会说。

"唱两个就唱两个！"母亲和大嫂爽快地应道。

"唱什么呢？"

"就唱'单身单，一块豆腐吃两餐……'"大嫂笑道。

大嫂起道："单身单呦，一块豆腐吃两餐。白天日子是好过，就是晚上盖被难。"

牛崽叔接道："石榴青呦，单身是个好汉人。白天外面是好耍，晚上瘦菜给油煎。"

母亲接道："石榴黄呦，我看你单身很为难。三餐吃饭无人喊，要你想起多寒酸。"

……

唱着唱着，牛崽叔的泪水便流了出来。

母亲和大嫂便会叹起气来。

听父亲说，牛崽叔哥哥的脑壳好使，长得也比他好些，可惜，"文革"被造反派杀了。

母亲和大嫂便停下道："不唱了，不唱了！明天给你找一个好媳妇。"牛崽叔道："当真？"母亲和大嫂便道："当真。"

可天底下的女人多的是，谁愿嫁给一个又老又穷又丑的老单身呢？

日子如落叶般一天天飘过。那小脚老太太也过了，那黑白电影便只剩下牛崽叔一个"主角"了。一天到晚，寰寰寀寀。

我和哥哥读高中以后，好多亲戚父亲母亲走不过来了，都慢慢地丢下了。牛崽叔还是常过来玩。我考大学那一年，牛崽叔过来吃酒，封了礼金，母亲回了礼。

哥哥考大学（哥哥复读了几年）那一年，办入席酒，没有告诉牛崽叔。第二天，牛崽叔跑回来，哭着说："小哥、小嫂（父亲在家排行第二）看不起我了，侄儿子考取大学这么好的事，无论如何要告诉我这个做叔的一声，回来讨杯喜酒喝，表个心意。"说完，封了一个礼给母亲。母亲收下，另外拿了 100 元给他，说："你一个人，不容易。"牛崽叔哭了。

后来，我们两兄弟参加工作，把父亲母亲接进了城，我们家就像一蔸树离开了泥土，与农村亲戚的走动慢慢地断了。渐渐地，没有了牛崽叔的音信。

前些年，回老家，听说牛崽叔已经过世了。

那青砖瓦房，也许倒了。

也许还未倒吧。

铁满公

每年的清明节更像是家族的一次聚会。一个人无论走得多远，都要千方百计赶回来，给亲人扫墓。

那些刚扫过的墓，顶上插着五颜六色的纸花，在三月温暖的春风里艳艳地摇着，就像一个个飘着酒旗的新开张的小酒店，漂亮极了。

也有一些墓，清明过了好久，依然杂草丛生，荆棘繁茂，就像一个个冷馒头。

不用说，这个墓主已经没有后人了。

想着今后自己的墓也要像这冷馒头一样，铁满公的心情就像这荒草一样的凉。

每年扫墓，铁满公挑土总是最积极的。到了这个墓，大家都说："满公！满公！这老太公的墓灵，你再挑两担土，保佑你讨个满妈。"

铁满公满心欢喜："要——要——得！要——要——得！"

到了那个墓，大家又哄他："满公！满公！这老太婆的墓灵，你多挑两担土，保佑你讨个满妈。"满公说："要——要——得！要——要——得！"拿起锄头，挑起畚箕，翘起屁股又去挑泥巴去了。

铁满公是我的一个满公，刚好出了五服。村里人说他切腊肉从来不出声，他的米从来不借别人一升，他的锄头从来不借隔壁用，他家的冬天从来不烤火（到别人家蹭火烤），所以叫铁满公（铁即铁公鸡的意思），真名倒反忘记了。

铁满公人长得瘦瘦的，脸长得削削的，耳朵长得竖竖的，下巴长得尖尖的，几根花白胡子一跳一跳的，讲话结结巴巴的，有点像一条"咩咩咩"叫的老山羊。

扫墓就像走亲戚，也讲亲疏远近。血脉亲的、近的，自己先扫了。血脉远的，是一个家族共同的祖墓，那就要大家凑钱一块去扫了。扫完墓，一族人一块喝一餐清明酒。那些在外面工作的、打工的、发财的都是"萤火虫"，他们的屁股挂着灯，他们的时间叫金钱，往往把自己那一房的祖坟扫了，闪一下，亮一下，就飞走了。扫祖墓的就只剩下老人、老单身，还有因为各种原因不能到外面打工的男人和一帮小屁孩了。

"年年扫祖墓都是我们这些人。"四哥"老佘子"叹气道。四哥友佘这么多年因为脚痛，一直待在家里。

"我们这些人年年给老祖宗扫墓，可老祖宗偏偏不保佑我们讨老婆。"老单身公代礼叔有些愤愤不平。

"是呀！是呀！那些——那些——那些人，不给老——老——老祖宗扫——扫——扫墓，过——过得——过得——比我们还——还好些。"铁满公有些迷惘。

五哥赶紧说："满公！满公！不急！不急！今年老祖宗一定保佑你讨个满妈。再去挑担土。"满公连说："要——要——要得。"

老山羊想上母山羊，铁满公想讨铁满妈。晚上床板压得咯咯响。

听大人说，这铁满公年轻时是讨过老婆的，但进洞房的那天，却死活都不愿进去，别人把他推进去，第二天早上就从洞房里逃了出来。女人是老虎呀！会吃人的。不久，那女人也跑了。铁满公到底入了巷，或者说得了女人的好处没有，大家不知道。可是男人终究还是想着被老虎吃的呀！反正，满公一辈子念念不忘的是讨满妈这件大事。

应该是我读小学三年级的一个暑假，我们在家吃早餐——梧州瑶族人的早餐很简单，一大盆稀饭，一大碗酸菜，嘴巴喝得"呼哧呼哧"响，肚子喝得"哐哐"叫。几个婆姨到我们家七嘴八舌地对母亲说，村里来了一个叫花婆，昨晚就住在村子南面的打谷坪上，用禾草垒了一个窝。那叫花婆还带了一个小女孩，村里好多人都去看过热闹。

我和哥哥也想去看，被母亲大声喝住了。

中午，我们吃中饭，门外响起竹竿的敲门声——一个叫花婆站在我们门前。那叫花婆手里拿个碗，肩上背个大布袋，头发乱得像野鸡窝，衣服烂得像烂麻袋，脸脏得像黑钉锅。

母亲问她是哪里人。她说她是河南人，家里遭了水灾。

母亲向来心软，给叫花婆舀了一碗饭，夹了一些菜，从米瓮里量了半升米，倒进布袋，把她打发走了。

第二天中午，吃饭的时候，那叫花婆又来了，后面还跟了一个小女叫花。那小叫花的头发也是乱得像蓬草，身上沾满了禾草屑，脸倒还干净。

母亲请她们进来，那娘俩却迟疑着不敢进。母亲把她们拉进来，倒了一盆水，拿一个帕子，一块肥皂，让她们把手、脸洗干净，让她们坐。

那天，家里恰好死了几只小鸡，母亲把小鸡给炒了，放了一些酸辣椒，倒了点米酒，焖得喷喷香。

母亲把鸡肉往那老叫花婆碗里夹。四只小鸡腿也给了那小叫花，气得我和哥哥眼鼓鼓。

那小叫花婆得意得直眨眼。

"欧！欧！"隔壁的四麻拐、五麻拐在外面起哄："唐友冰的老婆，小叫花婆！唐友冰的老婆，小叫花婆！"气得我拿棍子冲出去把他俩赶跑了。

家里来了好多看热闹的婆姨，说到世道的难处，这个婆姨叹口气，那个婆姨擦个泪。这个婆姨说："叫这个叫花婆莫走了，嫁到我们村算了。"那个婆姨说："要得！要得！捡个老婆，带个崽，蛮好！"这个说，给文家的文独龙合适。那个说，给莫家的一只眼最好。

文家的文独龙，刘家的刘瘸子，莫家的一只眼，这些老光棍都来看过了。

母亲对父亲说："你回门楼把满公请出来。"父亲说好。

铁满公进来了。母亲对他说："满公，今天晚上这俩娘崽就在您那吃饭。您回家杀只鸡，煮块腊肉，请这两个叫花婆吃个饭，哄好了，讨她做老婆。讨个老婆还带个崽，几好的事。"铁满公连说："要——要得！要——要得！"

晚上，铁满公把两个叫花婆接到家里去，母亲作陪。回来，父亲问母亲吃了些什么，母亲说："煮了一碗面，炒了一小碗黄豆，炒了几个小菜。"父亲笑了笑，叹了口气。

第二天，那老叫花婆牵着那小叫花婆走了。

草青了又黄，黄了又青。

每年的清明节，铁满公还是翘起屁股挑土，请老祖宗保佑给他讨个满妈。那满妈却好像空气一样，再也找不到了。最后连自己也和愿望一道埋进了黄土。

每年的清明节扫墓，我们总是要给铁满公的墓多烧点纸，多垒些土。

王仁亮

离家久了，有些故乡的人和事会越记越牢，有些人和事会慢慢地忘记。有些人和事会在不经意中在脑海闪起。它们像躲在脑海深层的一条条鱼，风吹过，便会"啪啪啪"地跃起，闪着粼粼的白光，一亮，便又不见了。

比如说，今天夜里，我猛然间想起了夏天，想起夏天我们村的大小男人们都要脱得光溜溜地到大井洗澡，想起爱和我们打"眯子"比赛的王仁亮，嘴角不由有了一些微微的笑意。

其实，这个季节还不是夏天，还是冬天。小城正面临着气象部门宣称的有气象记载以来最冰冷的一个冬天，"冰冻"成为一个时尚的词汇。这样冰冷的日子，总会让人想起夏天，想念夏天温暖的阳光，想念夏天的热量，就像在灼热的夏天，我们会想起冬天，想念冬天冰凉的雪花，想念冬天的凉爽一样。人生还不到五十，我就怀疑自己已经到了老年，总爱怀旧。往事就像躲在脑海里的鱼，风一吹，便"噼噼啪啪"地跳出来，想抓却抓不住，只记得鳞片在太阳底下曾经闪过的白光。

是的，在冬天的这个夜晚，我真的想起了夏天，故乡的夏天。

那时候的夏天真是热，天地就像一个蒸笼一样。天是热的，地是热的，风是热的，房子也是热的。家乡的那些狗一天到晚都伸着长长的舌头，呼呼呼地直喘气。那是没有空调、没有电风扇的热，真的热，所以记得。春天没闹够，到了夏天。夏天没热够，眨眼是秋天。

在那样的夏天，我们这些小把戏一天到晚都在大井里泡，就像一条条小小的泥鳅。

可是，大人们就没这个福分，他们要顶着辣辣的毒日去出工。他们要洗澡，只有等晚上。让清凉的井水洗去他们一天的汗水、灰尘与疲惫，然后，爬到床上，一觉睡到天亮。

一个村能有这么一个夏天沁凉沁凉、冬天热气腾腾的大井，真是一件幸福的事。那时候我们没有钱，没有空调，也不可能到北戴河、庐山避暑，到海南过冬，但我们有大井，冬暖夏凉的大井。大井不仅是我们的母亲，还是我们村的北戴河，我们村的庐山，我们村的海南，我们村的空调与电风扇。

吃过晚饭，男人们都三三两两地到大井洗澡去了。噼噼啪啪的拖鞋脆响响在石板路上，和着夏夜的凉风，有一些微微的惬意。

大井就像一个大澡堂，到处都挤满了人。他们有的站在田埂上，有的站在石板上，有的已经泡在井里。不论大小，大家都脱得光溜溜的，一丝不挂，没有什么不自在感。依我看，这才是最大的自在与天性。穿短裤或游泳裤洗澡的是城里人，他们爱说漂亮的话，干一些龌龊的事，他们需要一块薄薄的布遮羞。

大井共有6格，全部都用青石板隔开。最里面的一口是挑水井。下有如莲花般的泉水从艳艳的水草缝里汩汩地冒出，那是全村家家户户用来挑水喝的，断不敢跳进去洗澡。有调皮的小孩跳进去，老人看见，要跳起脚骂人；大人看见，要敲"毛栗"(敲脑壳)；女人看见，要骂明天打雷雷公劈。紧挨着的是两口洗菜井。洗澡主要是在这两口井，一深一浅，底部是柔软、干净的细沙，站着舒服，正好洗澡。白天自然用来洗菜。接着是两口洗衣井。主要用来洗衣服、洗潲草。长年累月的淘洗让它们底部积满了厚厚的淤泥，淤泥里有令人恐惧的泥蛇。有月光的晚上，它们常常把长长的脑袋伸出来，一动不动的，像一条条长长的水草。大人不小心跌下去都要手忙脚乱地爬出来，被泥蛇咬一口可不是好玩的，哪里还敢洗澡？最后一口井是尾井。主要洗锄头、挂耙等农家工具。井水通过尾井以后，便进入清水塘，分成两股小溪，流下一个广阔的田峒，进入斑河，流入冯河，汇入潇水、湘江和洞庭湖去了。这么小小的一口井，居然与这么多的大江、大河，甚至还与长江、洞庭湖，与大海有关系，心里确实有一些小小的自豪与激动。

话回到洗澡来。说是洗澡，其实很简单，香皂、洗发精都不用带，只带一条毛巾。沁凉、新鲜的井水具有无与伦比的去污除垢能力。抢到位子，蹲在井头，用手使劲地把别人洗过的水往外面戽二把，新鲜、干净的泉水便涌过来，一个眯子下去，又开手指把头发猛抓几把，冒出头来，舒舒服服地在井水里泡上几分钟，用帕子在背上搓几下，用手抓几下，再打几个眯子，再泡几下，一身的污垢去了，一天的疲惫没了，一肚的邪气消了，回去抱着老婆，一觉睡到天亮。

晚上洗澡，最开心的是和王仁亮比"打眯子"。

王仁亮是村东头王家的一个老光棍。那时候也就40多岁吧。长得又黑又瘦又高又弓，像一支正要撑船开的弯竹篙。夏天，他的上半身永远不穿衣服，腰里系一条用麻绳扎紧的围挡裤，冬天披一件烂棉袄。听大人说，王仁亮1949年前被国民党抓丁，后来被解放军俘虏，投诚，参加了渡江战役，后来开小差偷偷跑了回来。邻村和他一起当兵的，后来当了团长。村里人叹息，王仁亮不开小差，不晓得是好大的官！可见，一个人当不当官，发不发财，那是上天注定的。没命，别想。在老家大井里洗个澡，一觉睡到天亮也是件很舒服的事。当不当官，发不发财又有什么关系呢？

王仁亮当兵，一没升官，二没发财，却练了一身好的水下工夫。听说是参加解放军以后在渡江战役中练的。王仁亮最厉害的是"打眯子"，我们最开心的也是和他比"打眯子"。

每回洗澡，碰到王仁亮，我们总是没大没小地嚷道："王仁亮，王仁亮，来个打眯子比赛。"大人便呵斥道："小嘎崽讲话，没大没小！"王仁亮笑呵呵地说："没事，没事。"那些泡在水里的便自觉地为比赛腾出位置。

王仁亮先点这个小屁孩，说："你来！"这个小屁孩便说："好。"跳到井里，先深吸一口气，把脑袋"眯"进水里，大家数道："1、2、3、4、5、6、7、8、9、10……"还没有数到40，这小屁眼已憋不住，哗地一下，冒出水来，气喘得像条小牛。

然后点那个小屁孩："该你了！"那小屁孩答道："好！"跳到井里，也是深吸一口气，把脑袋"眯"进水里，大家数道："1、2、3、4、5、6、7、8、9……"还没有数到50，那小屁孩便哗地一下，冒出水来，直喘气。

小屁孩一个个地过去，没有一个能超过一分钟的。

大伙便嚷道："王仁亮，王仁亮，该你了。"王仁亮说："好。"

只见王仁亮不慌不忙地跳进井里，深吸一口气，慢慢地把脑袋眯进水里。大伙齐声数道："1、2、3、4、5、6、7、8、9……"

数到50了，王仁亮还是一动不动。

数到60了，王仁亮还是一动不动。

数到70了，王仁亮还是一动不动。

王仁亮莫不是死了？大伙有些担心。可王仁亮还是一个秤砣样，一动不动。

一直数到"85"了，王仁亮才"哗"地一下从水里冒出来，嘴巴里悠悠地吐着气。

"不服不行吧?"王仁亮在水里笑呵呵地说。

小屁孩们一个个都如鸡啄米："厉害！厉害!"那王仁亮便高兴起来，吼起他那自编的"三大纪律，八项注意"歌："革命军人个个讨老婆，一个两个都不算多……"大家笑得直打滚。

一晃，王仁亮过世都快10年了，夏天时在大井洗澡的欢声笑语似乎还在眼前。其实，关于王仁亮，我们全村人都知道了解得不多。他在村东头王家门楼的一间破屋子里悄无声息地生活，没有谁管他，也没有什么人到他家里去。他的人生就是一段虚空。他是我们村里的一个问号。他似乎只有夏天才存在，只有打"眯子"才存在，一出水，一不打"眯子"就不存在了，像谜一样地消失在黑暗里了。其实，每个人都有证明自己存在的方式。可是，又有多少熟悉的人，曾经被我们熟视无睹地存在过呢？我们的亲人，我们的朋友，我们的同学，我们的邻居，因为太熟悉，倒如乱麻一般地理不出头绪，为我们所忽视。倒是王仁亮，用夏天，用打"眯子"这么简单的方式证明了自己的存在，深深地印在了我的脑海。

今晚，王仁亮像一条噼噼啪啪地在脑海里一跃而起的鱼一样，溅起的水花让我想起那些难忘的夏天，那些难忘的时光，那些回不去的青春，那些回不去的旧故乡，泪水没来由地盈满了一个老男人的眼眶。

如今的故乡，到大井的石板路变成了水泥路。大井周围的田埂都冻成了水泥地板，挑水井也都用铁栏围了起来。夏天的晚上，男人们都还是要到大井洗澡，可是，还有不有打"眯子"比赛？谁是打"眯子"比赛最厉害的那个人呢？

那个曾经打"眯子"最狠的人已经一去不回来了。

货　郎

"嘭咚咚咚……嘭咚咚咚……"清脆的拨浪鼓声响起在寂静的村庄的时候，人们知道，是货郎进村来了。

三百六十行，行行有行行的名片。轿车是做官的名片。锄头是农民的名片。拨浪鼓是货郎的名片。

"嘭咚咚咚……嘭咚咚咚……"货郎的拨浪鼓有一阵没一阵地在寂静的村庄响起，就像一块又一块石头丢进平静的水面，激起一圈又一圈小小的涟漪，把那些如小鱼般躲在屋里的老人、小孩和婆姨们一个个地漾到货郎的担子周围来了。

拨浪鼓是勾小孩的"魂"。大一点的小孩，会不由自主地让自己的脚步跟了这"魂"去。小一点的，那些还被爷爷、奶奶拉着的小孩，也会拉着爷爷、奶奶们的手跟着货郎的担子去。有些手里没钱的爷爷、奶奶，往往要拉着小孩往另一个方向走，可是小孩的大哭和乱滚乱跳却只有让自己的脚步也跟了这货郎的脚步，嘴里嘟哝着"敲、敲、敲，敲你的死，你老子、老娘又没有给我钱，我拿我这老命给你敲叮叮糖！"那货郎只不做声，却把那拨浪鼓"嘭咚咚咚……嘭咚咚咚……"地摇得更起劲了。

到一个门楼或树底下，货郎便停下他的担子。

货郎的担子好像有宝，什么好吃好玩的都有。男人爱抽的香烟与打火机，婆姨们需要的针线与纽扣，小孩子们最爱敲的叮叮糖；最爱吹的各种口哨，吹起来很叫，好像一个村庄都听得见的样子；最爱玩的草编的青蛙、蚂蚱，比真的还像些；塑料做的黑白相间的蛇，放在地上就像真的蛇一样游动，既吓人又快乐；学生们要的本子、铅笔、钢笔、圆珠笔、橡皮擦。针线，婆姨们喜欢。好吃的好玩的，小孩喜欢。纽扣，一角钱4个；草编的蚂蚱、青蛙，两角钱一只。叮叮糖，两分钱敲一点，5分钱敲一大点，一角钱就可以敲很大的一块了。有钱，自然好；没钱，鸡毛、鸭毛、鹅毛，女人的长头发，啤酒瓶，薄膜纸，都可以换。货郎的箩筐里总是带了几个麻袋，专门装这些乱七八糟的东西，估个价，敲点叮叮糖，换点针线纽扣什么的，买卖就算做成了。

货郎进村时挑的都是些花花绿绿的、好吃的好玩的东西，出村时尽挑些乱七八糟的东西，这货郎是不是脑袋进水了，小时候的我常常这么想。

经常来我们村的货郎是大牛。

大牛是个肢体障碍人士。

大牛是我们隔壁的梁木桥对面老村的人，离我们村有几公里。他年纪也就五十多点的样子，脚有点瘸。也许是左脚瘸，也许是右脚瘸，也许是两个脚都瘸，挑起货担有点像跳舞。他左手摇着拨浪鼓，右手压住担子，两个脚跨一下，担子便这么晃一下，跨一下，晃一下；跨一下，晃一下，真的好像是跳舞的样子。

"老牛老牛，你好久不来，这几天到哪里吃草去了？"

"老牛老牛，你好久不来，这么几天到哪里走春（发情）去了？"

大牛嘴里笑嘻嘻的，并不恼："到你屋里吃草去了。""到你屋里走春去了。"

嘴里答着，并不耽搁手上功夫，"叮叮叮"地敲叮叮糖，接过钱，塞进小柜子；拿过鸭毛，丢进尼龙袋。

"老牛老牛，××村有个寡妇，和你配着呢！"

大牛还是笑嘻嘻地："那是你妈呢！"

众人便哄笑。

大人们喜欢大牛，是因为喜欢拿大牛开玩笑——中国人似乎历来就有拿残疾人开玩笑的传统。大牛也开得起玩笑，开过了，照样笑嘻嘻地，并不恼。小屁孩们喜欢大牛，只是觉得同样二分钱，大牛敲的叮叮糖总是比别人多那么一点点。我认真地观察过大牛到底和别的货郎是不是一样。其实，大牛很狡黠，同样五分钱，别的货郎会实实在在地"叮叮叮"地敲下去，大牛呢，总是轻轻地、慢慢地敲。先把撬撬远远地轻轻敲一下，趁你不注意，把撬撬慢慢地往回"叮叮叮"地轻敲过来，然后一卷。感觉上似乎是敲了一大堆，实际上还是差不多，多少谁也没有称过。事实上多一点少一点又有什么重要呢？关键是大牛来了，我们很快乐，比花钱买快乐还快乐。

　　大牛偶尔也挑一些瓜果来卖。春天的桃子、李子，夏天的杨梅、西瓜、黄瓜，秋天的枣子、柿子，这些都是从农人自家田地或山里长出，并不值钱。大牛从别的农家垒来，只为赚点小钱。柿子两分钱或五分钱一个，杨梅一角钱一筒，西瓜八分钱一斤，便宜是便宜，可是那个时代的农村，能有什么钱呢？天天捡破烂，哪有这么多破烂捡呢？啤酒瓶、废报纸，村里的老人一天到晚眼睛瞪得像灯笼一样满地找。鸡、鸭逢年过节才杀那么一回。薄膜要做雨衣，盖烤烟、稻谷秧。女人的头发不可能天天长。想找父母要钱，没有；要有，只有八百———一巴掌又一巴掌。

　　我和小伙伴们自有办法。我们常常围拢了去。

　　若是桃子，我们便说："我尝一尝这个桃子脆不脆。"一个桃子进了嘴。

　　若是杨梅，我们便说："我尝一尝这个杨梅酸不酸。"一个杨梅进了嘴。

　　若是枣子，我们便说："我尝一尝这个枣子甜不甜。"一个枣子进了嘴。

　　于是，每人尝了一遍。

大牛笑眯眯地看着我们。

"我想再尝一个。"又一个进了肚。

"我也想再尝一个。"又一个进了肚。

"我还想再尝一个。"又一个进了肚。

大牛还是笑眯眯地看着我们。

尝多了,总是不好意思。便有头儿挥挥手,使个眼色,把几个手脚麻利的小兄弟抓过来,耳语几句。

我们便一齐围在大牛的箩筐旁,围得密不透风,七嘴八舌,"这桃子不好吃!""我要尝一个!""我还尝一个!"趁大牛不注意,后面几双手同时从人缝中伸出来,抓一把,呼呼地,撒腿就跑,然后我们大家一哄而散,分赃去也。

"你们这些坏酒饼,你们这些坏酒饼,抓住了打死你们,抓住了打死你们!"大牛气急败坏地骂道,脚并不动——我们也是欺负他脚瘸。

第二天,在路上还是在村里,碰到了,我们还是和大牛嘻嘻哈哈地笑。

有一回卖桃子,我从人缝里伸手去抓,猛地,被一双有力的大手抓住。"哈哈,这下被我抓住了,看我不整死你!"大牛的脸兴奋得发红,我的那些屁子兄弟早逃得无影无踪。

"哪个年级哪个班的,我告诉你们学校校长,告诉你们班主任!"

我耷拉着脑袋,"飞天大盗"成了"癞皮狗"。

"你是哪个的崽?"

"我是唐代旺的崽。"父亲是"名人",做砌匠,当过民办教师,方圆十里无人不知,无人不晓。

"代旺的崽这么大了?"大牛笑眯眯地。

"读书人要懂道理,下次可不能再偷了。"又拿了几个桃子,塞到我手里。

我点点头，落荒而逃。

以后就没有再偷了。只是心里总有点不好意思，看着大牛的货担，就远远地躲了去。

后来大牛就渐渐地不来了，来的是他的儿子小牛。大牛是瘸子，可是小牛却不瘸——瘸子生瘸子，才叫天经地义呢，村里的老人向来这么认为。不仅不瘸，模样还周正，浓眉大眼，爱穿一身蓝布褂。这小牛不仅卖小百货，收破烂，还补鞋修伞，生意竟是比大牛的还好。

"这老牛可是生了条好小牛呀！"都说，"要是生个儿子，有老牛的儿子那样就好了。"村里爱做媒的几个婆姨，已经张罗着要给小牛做媒。还有那有女未嫁的，还在想着把自己的女儿嫁给他。一打听，原来已经娶了，才"啧啧啧"地直喊可惜可惜，死了这条心。

后来，我去外地求学，便逐渐没了大牛、小牛的消息。也许大牛已经不在了，也许小牛也到广东打工去了——一个踩一脚便可进城的时代，一个已经进入网购的时代，显然已经没有闲地方可以再摆货郎的货担了。

再后来，逢年过节，回到老家，走过那已经有点陌生的门楼、村巷，耳边似乎又响起那"嘭咚咚咚……嘭咚咚咚……"的拨浪鼓声，又恍然那"嘭咚咚咚，嘭咚咚咚……"的拨浪鼓声从没有在这寂静的村庄响过一样。

第三部分

简单的生活

人人都知道梭罗。

人人皆羡慕梭罗。

人人都想找一个瓦尔登湖那样的地方，做梭罗。

唯瓦尔登湖不可多得，所以天下只有一个梭罗。

其实，不必在瓦尔登湖，人人皆可成梭罗，哪怕你在人潮涌动的闹市，

只要你：

想法简单，

心灵简单，

生活简单，

愿望简单。

居家度日

人近五十，正如登山，即将到达山顶，心开始往回收，不再羡慕别处的风景，安心读书、写字，居家度日。

读　书

端午过后，天气渐热，我喜欢躺在客厅的木地板上看书。拿两个枕头——一个布枕头，一个竹枕头，布枕头垫在木地板上，竹枕头斜靠着墙壁，就这么四仰八叉地躺着，在地板上看书。地板的凉让人心静，地板的硬让人清醒，地板的宽可以让看书累了的我无拘无束地滚来滚去，竟似比躺在床上或坐在书桌前看书的感觉都要好。

说是看书，其实是闲翻，壁柜里堆满了书，随手拿一本就是。年前我买了几本散文集，想着过年放长假，闲时可以翻翻。谁知过年却只是更忙、更闹、更乱，更加没有心思。如今得闲，刚好可以翻翻。翻来翻去，文章没有长进，心却只是更散。记得去年我还买了一本《世说新语》，买时兴致盎然，买回家来，却不珍惜，随手丢进了书柜。如今想要再翻，却是遍寻不得。你寻它，它躺在那里做"潜水艇"，瞪着阮籍的"青白眼"，看你。

文人看书，嗜好各异。有喜"红袖添香夜读书"的，自己看一页，"红袖"翻一页。有喜边吃水果边读书的，吃一点水果，翻几页。有喜边嗑瓜子边读书的，嗑几粒瓜子，翻一页。我喜欢边吃毛豆边看书。早上起来，先跑跑步，然后到市场买菜，带一点毛豆。毛豆自然是要青的好——不管人还是豆子，自然还是青涩的好，老了便有些惹人厌。。四月的毛豆最好，碧绿碧绿，便作"颜如玉"吧。若到五月，颜色转黄，那毛豆便老了。老了便不叫毛豆，而叫黄豆，只能炖排骨、炖老鸭、做豆腐、磨豆浆喝。毛豆的煮法自然是我一贯信奉的"大道至简"的懒人的办法：能炖的就不要蒸，能煮的就不要炒，务求原汁原味，一切都要本真。先将毛豆放箩箩，剔除坏的、瘪的，洗净。把锅洗净，不放油，倒一瓢水。开后，倒毛豆。不盖锅盖，直接煮。待八成熟，放些盐。再煮几分钟，用铲铲起，放碗里。煮熟的毛豆仍然是碧绿碧绿的，夹一口放嘴里，有些青甜——青里有春天碧绿的气息，甜是夏天阳光的味道，一切都刚刚好。

看书的时候，我常常是一碗毛豆放这边，一个空碗放那边，吃一粒毛豆，翻几页书。这边装毛豆的碗空下去，那边装豆荚皮的碗满起来。人生有万般不如意处，唯有书还可翻，有毛豆可呷，让人生还有许多留恋处，正如人生的一种微微的温度。

运动服里有个品牌，叫"361°"，起得真好，人生总是忌圆满。365°的圆满不是任谁都能消受得起的。361°，刚好。

练　字

读书累了，便练字，换着来，倒是两便。读书累了，写字是休息。写字累了，读书是休息。

练字是需要童子功的。年将五十才练毛笔字，总觉得有那么一点"秋行夏令"，未免有一些晚。西谚有云："人生从六十开始。"圣人说："朝闻道，夕死可矣。"想着离退休还有十多年时间，退休后也还有大把时间，现在练字，倒也不算太晚。只要想着把昨天当今天的童子功，今天当明天的童子功，青年当壮年的童子功，壮年当老年的童子功，便一切都不算晚。

练字的决心下了，笔墨纸砚等各种工具我也整治完毕，练什么体倒是颇费了一方踌躇。不入书门处，不知书门深。书法的"江湖"实在太深：甲骨文、金文、篆文，隶书、行书、草书、篆书，颜体、柳体、欧体、赵体……各类体里有诸多大家，诸多大家里又有多种字帖，让一个初入书海的人无所适从，呛水不浅。有行家说，隶书入手快，于是先学隶书，汉《张迁碑》。练着练着就练不下去了，感觉字总立不起，遂重新改学楷书。可见，练字和做人一样，也是没有捷径，取不得巧，偷不得懒的。

　　于是我改学颜体。少时我曾到祁阳浯溪看《大唐中兴颂》，深觉笔力雄健、结构严谨、造体庄严，一股浩然之气从丹田奔涌而出，恨不能替颜鲁公杀贼，做平原门下走狗。练了一段时间，总难有进步。觉得初学颜体的人，有可能失之于拘谨。尤其是颜体的每一个横笔都有一把"刀"，有些做作。我与多年浸染书海的文乾师兄聊天，亦有同感。他说在练褚遂良的《雁塔圣教序》。我一看《圣教序》字帖，有一种电光石火般的一闪：褚遂良的字，有一种干净、自然、清和、清雅与随意，有一种文人内心的大自在。年轻时自己常常无法想象，一个古代的文人，竟可将一管软笔练成运笔如锥！更无法想象一杆毛笔，竟可磨掉一个文人的一生！如今想来，除了技法让人沉醉，更主要的原因，当是，手握一杆毛笔，端坐于书桌前，立即就有一种万物于我何干的不食人间烟火的自在与心安。

　　自在即好。

　　心安即好。

　　就像现在的我，端坐于书桌前，临着这本薄薄的《圣教序》字帖，感受着褚遂良从笔端自然而然流露出的沉静的心绪，如同晤对一位神交已久的故人，听他淅淅沥沥的心语。

抄　书

看到好的文章、好的字句，仍然是满心欢喜，抄下来，每一二年都会有一本。

好的文章，就像上帝创造的漂亮女人，杏眼、俏鼻、樱桃小嘴和如瀑长发，竟是无一不秀；而且身材匀称，结构和谐，甚悦吾心。

抄书如同欣赏美女，篇目、结构、用词、造句、气韵，都要慢慢欣赏，慢慢体会。古人云"书中自有颜如玉。"我作如是解。看到美文，慢慢抄来，如剥肌肤，边抄边悟，大有裨益。偶有所得，随手记下，哪天灵感上来，心血上涌，便开始写来，一气呵成，酣畅淋漓，连呼痛快。

近来我与文友戏谑，称写文章为"做手头"，此语甚妙。吾乡农村称做针线活为"做手头"。少时家贫，无钱买鞋，我所穿布鞋都是母亲用针线一针一线地纳起，故叫做"做手头"。写文章与做鞋都是一样，必须用手。纳鞋子先做鞋底，做文章先要打底。纳鞋不是一天可以纳完，所以每次纳之前，先要找一下线头。写文章不可一蹴而就，每天写之前必须要看一下昨天写的东西，找一下灵感，方能保持气韵一致。这灵感竟是与母亲纳鞋的"线头"起的作用是一样的吧。

自己是个笨人，又是懒人，更是庸人，写文章写了几十年，却一直未通作文之道。想写的文章，有时灵感迸发，却因为懒，未能记下，转瞬即忘。有时正起心写一篇文章了，却灵感不多，提笔忘句，甚是艰涩，只能放弃。这么多年，自己写到半途而废的文章实在不少。有时写到这篇文章时会猛然间灵感迸发，文思泉涌，想到另一篇文章，遂把那丢在一边的另一篇文章重新捡出，一路快写。两篇文章，联手搞定。忽然一晚，我想：我这种笨办法，和父亲小时候教我背松树"赶鸭婆"的办法，并无二致。高二那年国庆，放假回家，父亲和我上山砍松树，准备过冬。父亲砍，我背。父亲笑着问我："一次背几根？"我想都没想就说："一根。"父亲说："能背两根呢。"先背一根到前面，放下，回来再背另一根；赶过来，然后再把这根放下，再背前一根；再放下，回头再背那根，就像赶鸭婆般(小时候赶鸭婆回家，总有一些鸭婆走在前面，有些鸭婆走在后面，不断地用棍子赶，赶下前面的鸭婆，再赶后面的鸭婆，最后把所有的鸭婆都赶回去)，把两根松树全部赶回去。这么多年，我的文章也是这么一篇篇地赶出来的。今后，还是不可偷懒，要把自己想写的那些文章都一篇一篇地赶出来。

此生无别的爱好，无非打打篮球、喝喝小酒、写点小文章而已。写文章就如母亲父亲那般的"做手头""赶鸭婆"，也算是儿继母艺、子承父业。

石磨坊

早餐爱到城标旁边的一个早餐店吃，店子虽小，店名却雅——"石磨坊"。每次看到，总叫人想起村庄里那些已经消失的辘辘飞转的石磨，乳白的豆浆和水豆腐般白嫩的女人。

石磨坊水豆腐般白嫩的女人没有，有的却是一对小夫妻。男的50多岁，矮小身材，皮肤黝黑，几条短须像老黑山羊；女的40多岁，人瘦瘦的，脸黄黄的，像冬至后霜打的蔫菜叶。

这石磨坊店子虽小，花样却比一般的早餐店多一些，有辣椒炒肉粉、汤粉、卤粉、二鲜、三鲜、米豆腐、油条、小笼包、蒸饺等，关键是还有我喜爱的豆浆。每天上班路上，便就近解决一下。一个小夫妻店，被隔成了外间、中间、里间。"老黑山羊"在临街的外间蒸饺子、小笼包，炸油条，卖豆浆。中间摆了几张小桌，供客人坐，常常爆满。里间用木板隔开，"蔫菜叶"在里面卖豆浆、米豆腐，下各类米粉。我经常是要一笼蒸饺或小笼包，再来一碗热气腾腾的豆浆即可。吃完有零钱，给五块五，没有零钱给五块，老"黑山羊"也一律只是憨憨地笑笑，接着，也不管不问。下午下班，路过小店，女人已经收工，和隔壁的几个小老板扯"小胡子"；只有那老"黑山羊"摆开一张石磨，在店子门口磨豆浆，身子弯成一张弓，一圈又一圈，把那太阳慢慢地磨下山，磨下高楼，把日子一天天磨过去。

双休日，老"黑山羊"那在外地读书的女儿便回来帮忙，端米粉，拿油条，端小笼包，舀豆浆，一张小脸都是汗。那读小学的儿子就在一个饭桌中间，找一个位子，自顾自地写作业，似乎周围熙熙攘攘的客人都不存在，不时拿橡皮擦擦下再写。那"黑山羊"便只是笑眯眯地在门口坐着，只管收钱，不时用手指点下唾沫，把零钱数一下，用胶圈扎起来，一扎一扎，很充实。

一个小店子，承载了一家人的生活梦想，承担了一家人的生活重担，承载了一家人的酸甜苦辣。

看着忙得陀螺转的老"黑山羊"，喝着热气腾腾的豆浆，我不禁常常感慨起永州的饮食文化。"一方水土养一方人。"一个地方有一个地方的饮食文化，早餐也是如此。江华人早上爱喝稀饭，这与江华属山区，历来稻米出产不丰有关。以往都是家家户户一大早就要熬一大锅稀饭，舀到盆里吹凉，再炒一大碗酸菜。早餐夹几口酸菜，喝几碗稀饭下去，肚子马上"咣咣咣"的胀鼓鼓，立马雄赳赳气昂昂地上山下田干活去了。干活回来夹几口酸菜，舀几碗稀饭，把肚子"咣咣咣"地装满，又精神抖擞地上山下田去了。如今物产丰盛，但崇尚饮食健康，江华人更对稀饭情有独钟，三餐都爱喝稀饭。特别是喝酒以后，来一盘清脆可口的酸菜，再喝几碗稀饭，既解酒又护胃更暖胃。胃开则脾健，让江华人的脾气好得出奇，说话细声细气，显得特别地淳朴厚道。道县人早上爱喝早酒，喝血肠汤。两碗米酒下肚，脸红得像关公，嗓子大得像喇叭，连讲悄悄话都以为是吵架，强起来鬼老子都不认，好起来脑壳剁下来给你当马马凳坐，讲话大声，办事直爽，为道县人赢得"霸蛮"的美名。零陵人喜欢吃辣椒炒肉粉，无辣不欢，一张嘴都是口吐莲花，字字珠玑，让零陵人赢得"巧不过零陵"的美名。我理解，这个"巧"字，更多是褒义，有精巧、口巧的意思。自己是江华人，在零陵工作已经多年，可早上爱喝稀饭的老毛病却一直没有改。可零陵不像江华，遍地都是稀饭店，到处都可以找到稀饭，幸好还有石磨坊的豆浆可喝。每天早上，来一笼小笼包或蒸饺，再喝一碗热气腾腾的豆浆，算是退而求其次的选择吧。

在石磨坊喝豆浆的时候，我又常常想起长沙的豆腐脑。这么几年出差多跑了几趟长沙，觉得长沙的唯一好处是早餐有又白又嫩的豆腐脑可喝。人说"居大不易"，人们居住在大城市有大城市的难处，比如"嗖嗖嗖"高涨的房价；可是大城市也有大城市的妙处，那就是人流多，机会多，选择多。钱多的可以选择吃鲍鱼，没钱的可以选择喝豆腐脑。尤其是豆腐脑，稍微大一点的宾馆、早餐店都有。来一碗晶莹剔透的豆腐脑，放一两勺白糖，稍稍化一下，然后一小勺一小勺地舀着吃。嫩白嫩白的豆腐脑入口即化，口舌生津，虽神仙不易。来小城将近30年，想喝豆腐脑，却遍寻不得，也是憾事。

在如此奔忙喧嚣的长沙还有豆腐脑可以一勺勺地慢慢地喝，就有了念头可想。

还是说稀饭吧。我的母亲吃了一辈子苦，炒了一辈子酸菜，熬了一辈子稀饭。她老人家的稀饭确实炖得好，不管是头天晚上的剩饭还是新米，都能炖得稀稠适度，好像粥水里总得有一层清亮清亮的油，特别爽口。再炒一碟清脆可口的小笋、空心菜梗或腌干豆角，确实是让人胃口大开。尤其是头天晚上喝酒之后，第二早上来碟酸菜，再喝两碗稀饭，米酒又可再喝两碗去。

今年"十一"放假，不想再往外走，就回老家陪老母去。

公园晨景

清晨的怀素公园是一幅淡淡的山水墨画。

墨重的夜色渐渐褪去，疏朗的亭台树影愈显清晰，在黑白转移的交替里，天色便渐渐地亮了。

清晨的怀素公园是一曲清新亮丽的牧童短笛。

万物都在笛声中睁开了蒙眬的睡眼。鸟儿醒了，在枝丫间清脆地叫着；露珠醒了，在草间闪闪地亮着；太阳醒了，在云层间一点一点地跃着；人儿醒了，一个个地从房子里出来忙碌着——崭新的一天开始了。

人儿中最先醒来的便是那些晨运者。

在潇湘河畔的这个古城里，每天我都要跑步。开始是为了锻炼身体；后来呢，便成了习惯。每天早早地起床，出机关，过红楼，在醉僧楼前做一下操，绕公园的池塘跑上几圈，然后再慢慢地踱回来。

清晨在公园里跑步，正如同看一个没有化过妆的女人，能让你看到许多优美的风景，品味出很多人生的细节，增加许多感悟。

十几年来，我常常遇见一个女人。每天到红楼附近，就碰着她端着空碗出来端米粉，静静的林荫道发出高跟鞋悦耳的脆响。我总是猜想，是哪个男人，有福消受这般面容姣美、仪态沉静的女人呢？为什么从来不见那男的一块出来端米粉呢？真担心她回去要面对一个闪亮的秃头或滚圆的啤酒肚呢。心里念着，便有了一点小小的惆怅。

公园活动的主体永远都是老年人，主要分布在四处。露天舞厅跳交谊舞，醉僧楼前练香功，红楼和湖边练扇舞。这么多年，一直没怎么变过。每当我从他们身边跑过的时候，我都饶有兴味地看他们练啊，走啊，跳啊，舞啊。他们的神态平和而安详，动作舒缓而沉静，是一种走过很长的路经历很多的磨难之后的从容的休憩。看多了，心中就与他们很熟稔了——谁什么时候来，谁练什么项目，谁在什么地方，便很清楚了。要是哪天其中的哪一位没有看到了，心里就会想：他（她）到哪去了吗？病了呢？还是到外地去了呢？有的过几天又回来了，心里就平静下来。有的再没有出现了，心里便有一些难过。

有一对老夫妻，特别地有味道。他们每天手拉着手在公园里慢走，走一圈之后，回到红楼天桥的栏杆边做"夫妻操"。老头儿的双手扒在栏杆上，弓起背让老太太细细地捶打，从颈到肩到臀；再把腿架到栏杆上，左脚、右脚，捶个溜够。老头儿捶完了，便给老太太捶，程序也一样，看着让人眼热。

在醉僧楼前的一块空地上，我要停下来做一会儿操，边活动筋骨，边欣赏美景。春天，桃树、李树那单薄的花瓣在乍暖还寒的冷风中轻轻地颤动，新鲜而又充满活力；夏天，蝉儿弹起不倦的蝉歌，柳树、芭蕉的叶儿"哗、哗、哗"地欢快伴唱；秋天，秋风吹过，醉僧楼那高挑的檐头发出寂寞的空响；冬天，翠华落尽，高大的苦楝树、芭蕉树立在肃杀的北风中，静穆而无言。

醉僧楼前的长长台阶上，每天都有200来人，跑上跳下，锻炼身体。有一位老头儿，一直让我很注意，因为像他这样60多岁年纪的老年人还有那样发达的肌肉是很少的。每天他都雄赳赳地从外面小跑进来，在我前面的台阶上，立定，蹲下马步，平伸两臂，吐纳运气。10 多分钟后，便有白腾腾的热气从头顶上冒出，人也逐渐笼罩在一片白雾中了。老头儿练完气功，还要再做四五十个俯卧撑，才又雄赳赳地小跑着走了，好像在说：年轻人，别骄傲，你们到了我这把年纪还有我这么鼓鼓的肌肉，那才叫厉害呢。

做完操，我还要绕公园的湖滨大道跑上几圈。湖里的鱼儿起得早，上蹿下跳，闪动着粼粼的波光。湖畔的风是清新的，夹着一股淡淡的鱼腥味。跑步的人们像约好了似的，都逆时针跑，"叭哒、叭哒"地，煞是热闹。每天我都能碰到一家人，男的在机关，女的在医院。多年前，小伙子还是单身汉，一个人跑；谈恋爱了，男女一块儿跑；结婚生儿子了，小两口拉着儿子慢慢走。现在，儿子读小学了，一颠一跳地往前面冲，两口子在后面不紧不慢地跑。每次相遇，我们总是相视一笑。

太阳每天都是新的，每天都是一个新的开始。

所有的树　都会开花

小小的茶花树进入我的视野，是在一个秋日的下午。暖暖的阳光斜斜地透过灰色的屋檐，照在平日里有些阴阴的走廊，让人有忍不住要出去晒太阳的暖。

虽然是九月，那茶花树顶端的几根枝条就已经干枯了，只剩下根部还有几片半焦的老叶，像褐色的蝶。

为着环抱院子南面的小山，办公楼摆成了东西走向，门却只有坐南朝北的了。办公室摆在了北边，不采光，走廊却还算通透。历届前任都在走廊过道的栏杆上箍起一个个铁圈，买起一盆盆花

◎怀素公园（佚名摄）

呀树呀地放进去，给这毫无生机的水泥大楼增添了一些绿意。

机关的人都忙碌。忙"为他忙"的事，忙"为自忙"的事。谁会在意这些小小的花与树呢？办公室有具体管事的人，可也是十天半月才浇一次水而已。那些花呀树呀什么的整天都蔫蔫的，有几株栀子花、美人蕉已经死了，只剩下干枯的枝、干枯的叶。我办公室走廊前的这株小小的茶花树也即将枯萎了，如一只小小的弃敝的履。

其实，也说不上是进入我的视野，只是觉得在那么多的花中，她显得如此矮小与柔弱。在一刹那，我的心有一些莫名的灼痛。小小的茶花树，你应该有自己小小的一树绿荫；你应该有新鲜的阳光；你应该有甘甜的雨水；你应该有柔柔的手臂随风而舞。

从那个中午以后，我就隔三岔五地将喝剩的茶水往这小茶花树的盆子里倒，把茶叶渣往小茶花树的树根垒。没多久，这小茶花树的根部就垒成了一座小小的茶山。

秋风凉了。那小茶花树最后的几片蝶叶也终于落了下去。

打霜。

下雪。

那小茶花树就像一个干枯的小老头一样，看不出任何一丝生机。有一次，我折下了一截树枝，发现已经干了。我想，也许是死了吧。

隔三岔五，我还是喜欢把茶水往盆里倒，把茶叶渣往花盆里垒。

二月柳芽裁，我的小茶花树好像还是在梦里做梦！

三月桃花开，我的小茶花树好像还是没有醒来！

四月荷花香，我的小茶花树好像还是没有动静！

就在以为我的小茶花树已经没有了希望的时候，五月的一个早晨，我惊喜地发现，小茶花树居然冒出了两根小小的嫩芽，像两个眨巴着的调皮的小眼睛。一个眼睛，又一个眼睛。很快，我的小茶花树就有了一树小小的绿荫了。

六月后的一个早晨，我惊讶地发现，我的小茶花树居然冒出了几个小小的花苞。整整一个夏天，都有美丽的茶花成为我办公室美妙的风景。

我一直以为是我不经意的照顾拯救了这小小的茶花树。后来，我问机关管事的人，这小茶花树以前开花吗？管事的说，这小茶花树虽然没怎么管，倒也没枯死，喝天河水，长得很瘦弱，但每年都开花的，只不过今年长得精神一些，花多开了几朵而已。

走廊前的这棵小茶树引起我对人与树关系的思考。虽然潜意识里，我自以为是自己拯救了一棵树。其实，这树是完全自由的，不需要我的照顾。哪怕由于花盆的限制，哪怕是长得瘦弱了一点，但它与那些栽在地上的顶天立地的大树在精神上是完全一样的，没有人的照顾，它仍然是树。自在的树，自尊的树，哪怕是枯萎了，也是树。而所有的树，只要是树，都会开花，哪怕是铁树。

我忽然又想到，人不过是一种会说话的植物。生活在社会这个大花盆里，有人喜欢喝茶水、茶叶渣，长得很高大；有的人却只喜欢喝天河的水，也许长得很瘦弱，却有一种自在的精神。

我向往那种自在的精神。

我喜欢喝天河水的树。

后　记

　　人近五十，已过中年，年纪不大，却也不小。算起来，却只是到过两个地方：一个是乡，一个是城。乡是故乡，名叫牛角湾，我在故乡一直生活了十七年。城是古城，名叫零陵，在古城，我也已经生活了二十多年。中间的四年读大学，似乎只是为过渡。读了书，毕了业，只是为了离开故乡，到小城去。

　　从1992年大学毕业被分配到零陵工作，近30年了。零陵是古城，是潇水、湘江二水交汇之地，自古就是潇湘文化的核心所在。"刻舟独觅剑，夜雨过潇湘。""秋月照潇湘，月明闻荡桨。"潇湘给人的联系是夜雨、神秘、美好与烂漫，爱情、乡愁、旅途与忧伤。屈子以降，献给这一片大地的诗词歌赋，真如汗牛充栋。在一个历史系毕业的我看来，潇湘文化、小城的底蕴在于"旧"——旧街、旧巷、旧庙、旧衙门、旧时光，旧的有些厚，旧的有些重，旧的有些破，旧的有些散。她的厚与重让自己心安，更让自己惶恐；她的破与散让自己心痛，更让自己喟叹。因为心痛，所以思想；因为思想，所以书写；因为书写，所以心安。可是，在厚重、沧桑的小城面前，自己的一切所思、所写、所想终究只是肤浅——自己终究只是行走在古城的边缘。

　　一个人无论走在哪里，故乡总是他内心深处最柔软的部分。心总是像云一样地漂泊，路总是像梦一样地走，故乡也是一点一点一点地变。村庄、老屋、亲人、朋友、风俗、风景，所有的这些，都会如风如烟如历史般慢慢地远去。包括自己，也都将如风如烟如历史般慢慢地远去。站在这里（其实是过去的那里），怅然回望，我所回忆的故乡，我所怅然回望的故乡，既不是我原来的故乡，也不是我现在的故乡，那只是我记忆中的故乡，回不去的旧故乡——我终究只能行走在故乡的边缘。

本书的出版，是对自己 2009 年以来散文创作的一个小集结。其中一大部分是关于潇湘的文化散文，这是我的文化之根、文化地标；另外的一大部分是关于故乡题材的乡土散文，这是我的生命之根、地理地标。

本书的出版，要感谢区委、区政府领导的关心，感谢长期关心自己的老领导的鼓励，感谢文友、"摄友"与朋友的支持。同时要感谢自己工作过的党史办、政府办、粮食局、畜牧水产局、林业局的同事，是他们的关心、宽容、恪尽职守与努力工作，使我得以从繁琐的政务工作中拨出身来从事自己喜爱的文学创作。区文联为本书的创作与出版提供了指导。自己是"科盲"，不知打字，而且字迹潦草，区政府办、区粮食局、区畜牧水产局、区林业局办公室的同志们不厌其烦、不辞辛劳为本书打印、校稿。我的师父刘翼平主任在百忙之中为本书拨冗作序，在此一并表示感谢！

于 2019 年 11 月 30 日深夜